U0660344

许友彬
人工智能
科幻三部曲

来自火星的家书

[马来西亚] 许友彬 著

浙江少年儿童出版社·杭州

目 录 »»

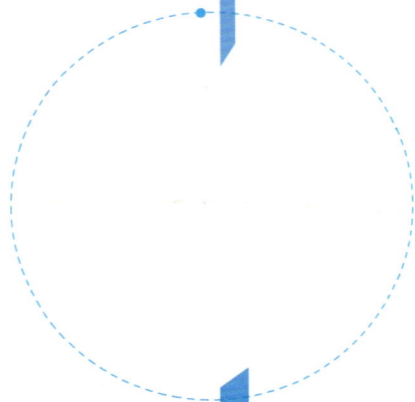

欢迎乘坐 太空电梯

一个AI服务员守在电梯门口。
他有识别系统，
认得王建国这个人。
他在王建国进入电梯之前，
递了一套航天服给王建国。

张阿姨带着童童，
拾级爬上青草坡，
坐在长凳上，背向香蕉树，
居高临下看走道上悠闲的行人，
还有鱼池里优哉游哉的鱼群。

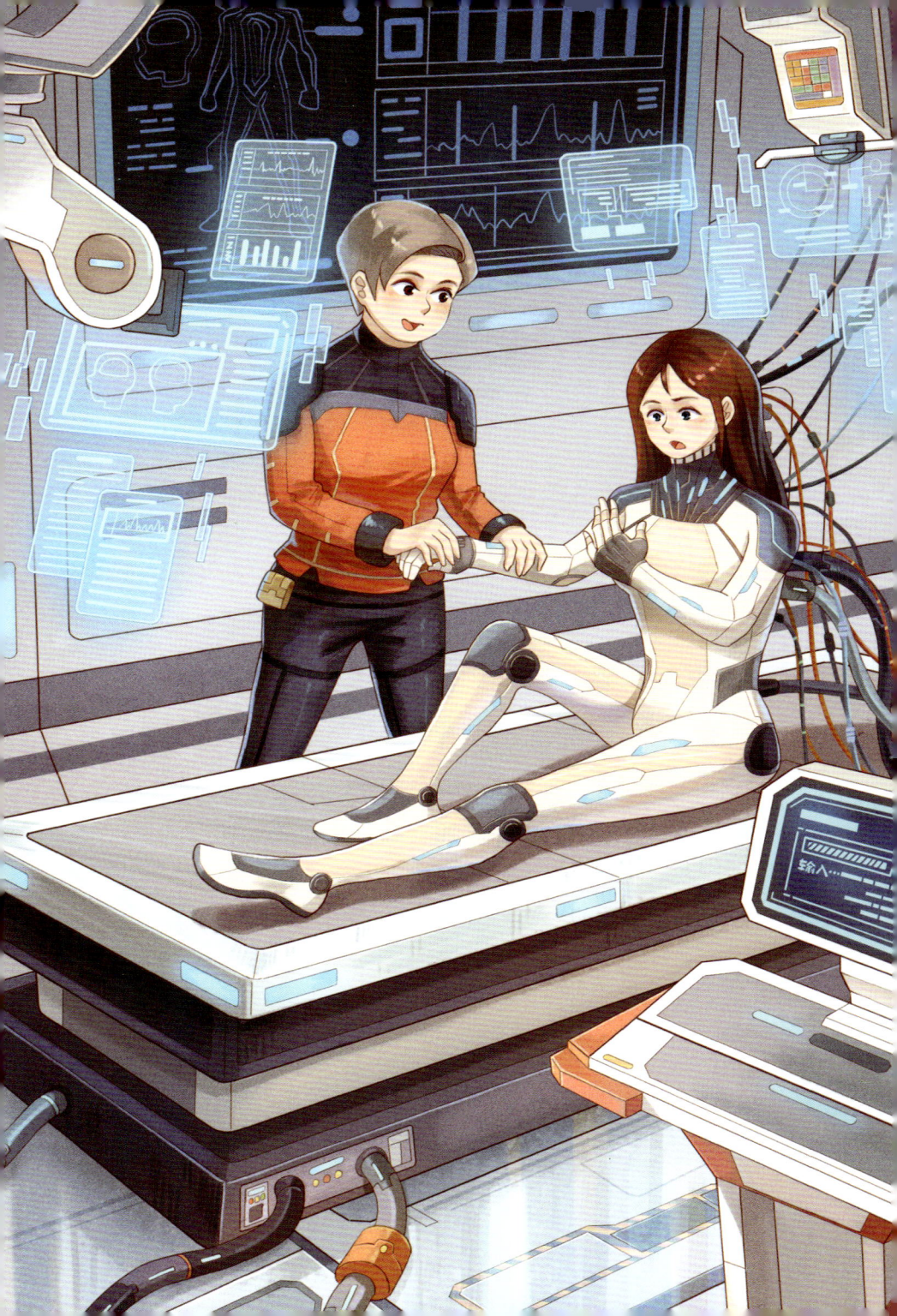

盈盈还不习惯新身体，
感情不很稳定，
四肢也不很协调。
盈盈的问题，
张乐一一帮她修复。

航天飞船的座舱不大，
像一个狭长的小房间，
设有六张椅子，
一边三张，两两面对面。
椅子分六种颜色：
橙、黄、绿、蓝、紫、白。

童童躺在第十个冬眠舱里，
身穿一套银色的长袖长裤，
脚穿袜子，
手戴手套，
头戴头罩。

爸爸说，六轮火星车能够调整车轮高度，
即使在凹凸不平的土路上行驶，
也不会颠簸。

第一章

爸爸在火星最亮的
时候回家

　　2035 年是不平凡的一年，天空中有一颗星星特别亮。电视上都在报道，今年地球又一次来到了太阳和这颗星星之间，于是三个星球排成了一条线。因为这样，这颗星星比往常更靠近地球了，所以才这么明亮。

　　这颗特别明亮的星星就是火星，科学家们把这种现象叫作"火星冲日"。冲日有大小之分，2035 年属于大冲，所以今年是火星十五年来最亮的一次。上一次大冲，发生在 2020 年。当年，火星靠近地球时，地球上的各个强国见有机可乘，都打起了火星的主意，纷纷发射航天探测器，飞往火星，拍摄火星的"全身照"，给火星做"体检"，寻找火星上的"源头活水"。火星就这样变成天上的一块"肥肉"，成了太空中的兵家必争之地。如今，火星上面已经有一座中国建设的小城，叫作"火星城"。童童的爸爸，就在这座火星城工作。现在，回地球的路途变短了，爸爸该回家了。

一直以来，童童思念爸爸，却不说出口，只在家里默默守候，等待爸爸回来。火星和地球之间的星际网络尚未完善，童童不能直接跟爸爸通话，只能通过轨道探测器中转无线电信号和爸爸进行简短的电邮交流，或者关注《火星消息》网站，了解爸爸在火星的状况。

妈妈思念爸爸的方式跟童童不一样。她会夸张地把头伸出窗外，仰望天空中的火星。也许妈妈期待爸爸也刚巧在火星上仰望地球，那么两人就能够遥遥相望，虽然"视而不见"，但想想也挺浪漫，可解妈妈的思念之忧。

说起来，火星之所以这么"红火"，并不是因为它看起来是火红的，而是因为地球"失宠"了。现在的地球越来越热，热到人类快要活不下去了，不得不寻找另一个星球。这个星球最好是地球的孪生兄弟，长得跟地球一模一样，那人类就可以迁移过去追求幸福了。2016 年，人类找到了 TRAPPIST-1 星系，那里有几个地球的"孪生兄弟"，可是它们距离地球有四十光年之远，遥不可及。人类终于觉悟到"远亲不如近邻"这个道理：火星又枯又干，凹凸不平，满地尘埃，热的时候不够热，冷的时候又太冷，水源干涸，氧气不足，辐射凶猛……可纵然万般不好，毕竟它就在我们旁边，我们可以慢慢去改变它，渐渐去爱上它。于是，人类在火星上寻寻觅觅，各国都想找一个最有利的落脚点，在火星上建造一座后花园。

中国比别的国家早一步，在 2029 年捷足先登，找到一块不会发生地震、又接近潜在水源的好地方。2029 年 7 月，也是火星冲日时，中国派出的第一批科学家、地质学家、工程师等专业人才，带着一批机器人和智能机械臂，还有大大小小的各种机器，登陆火星。众志成城，这批专家终于搭起了火星城的大棚。童童的爸爸王建国是在 2033 年火星冲日时前往火星工作的，二十六个月后的 2035 年，他要搭乘第一班航天飞船回地球。

为什么是二十六个月？因为地球和火星不停地移动，绕着同一个太阳公转，却各走各路，有时离得近，有时离得远，最近的时候约相隔五千五百万千米，最远的时候相隔超过四亿千米，相差何止十万八千里。火星冲日每二十六个月（779.94 个地球日）才发生一次。因此，赴火星工作的人只能二十六个月换一次班。

但王建国不是回来换班的，他还想在同一年回火星去。所以，他能待在家的时间就特别短，估计只有三天。

在火星待了两年多，他夜以继日地工作，别说回家探望妻儿，就连想家的工夫都没有。每天下班后，他累得倒头就呼呼大睡。他们七十二个同志，还有三千个机器人，快马加鞭，日夜赶工，立志要建造一座火星城，让同胞们可以舒舒服服地住进来。

回家之前，王建国忙里偷闲给家人写信，一封给妻子，一封给儿子。信件无法即时传送，必须先传到航天局的量子计算机，再由航天局转发出去。家人接到信之后，还得等待两个月，才能等到他回家。两个月的行程，已经算快了，平均一天航行一百万千米。2020年，祖国发射的航天探测器，从地球飞到火星，需要七个月。2035年，航天技术大飞跃，航天飞船使用氙离子发动机，速度提升了三倍，行程缩短至五十天左右。

王建国踏上归途，心情激动，对妻子和儿子的思念无限放大，这让他感到心中满是甜蜜。同时，他对妻子和儿子又感到深深的歉疚，为自己没能尽到丈夫和父亲的责任而感到痛苦。他的心情可谓五味杂陈，既甜蜜又痛苦。

王建国怀着这样的心情，来到太空电梯的陆地站。建太空电梯的计划，在地球上屡试屡败，让科学家一筹莫展，而它在火星上的进度却一蹴而就，一步登天。

早在1895年，有一个人想象力丰富，提出一个怪点子，即在地球表面升起一条缆绳，直上青天，穿越云霄，到达一个空间站。这个空间站像人造卫星一样，环绕着地球运行，其轨道与地球同步。如果这条缆绳的下端系在黄山，空间站就像一只大气球，由黄山站牢牢地牵着。黄山岿然不动，"大气球"高高在上。这条缆绳，一端在地表，一端在天空，从地面望去，"疑是银河落九天"，可称之为"天梯"。在这条缆绳上挂几个缆车，让缆车把人和物资送上空间站，就可称为"太空电梯"。

　　人类想得到，却不一定做得到，看花容易绣花难。太空电梯的概念被提出后，理论上行得通，说穿了就是空间站拖着一条尾巴，有何困难？困难就在于这条尾巴又重又长，不胜负荷，会把空间站拖垮。可若是换一个地方，离开地球，在火星上盖太空电梯，重力的问题迎刃而解。火星的表面重力比地球小，缆绳不会超重。在地球上体重一百千克的胖子，在火星上只有三十八千克。当然，要让空间站垂下一条绳梯，还有很多技术问题，必须一一克服。中国同胞是最早在火星上把太空电梯竖起来的。他们把五星红旗挂在空间站，太空电梯就像高耸入云的旗杆。五星红旗高高在上，太空电梯傲然屹立。王建国来到陆地站，抬头看见太空电梯，与有荣焉，心中感慨激昂。别人做不到的，我们的同胞做到了。绝无仅有的太空电梯，就只建在我们自己的火星城之上。

　　太空电梯的缆绳明显可见，以碳纳米管为材料，像两条粗藤，一上一下。而缆车就像顺藤之瓜，这"瓜"是透明的，在玻璃表层涂上气凝胶，坚韧耐热。出于对重力因素的考量，一个"瓜"只载一个人。

一个AI服务员守在电梯门口。他有识别系统，认得王建国这个人。他在王建国进入电梯之前，递了一套航天服给王建国。太空电梯里有气压，并不需要穿航天服，但为了安全起见，王建国不敢掉以轻心，还是套上了航天服，以防万一。1971年，当时的苏联发生航天事故，原因就是返回舱失压，航天员没有穿航天服而牺牲。太空电梯虽然设计严密，但万一百密一疏，出现漏洞，就会因气体泄漏而失压。王建国全副武装步入太空电梯，端坐在椅子上，系好安全带。电梯门自动关上，电梯徐徐上升，逐渐加速。电梯里的灯亮着，电梯外则迅速被黑暗笼罩，脚底下的火星城——一个直径二十千米的大棚——缩成了一个"天津狗不理包子"。"包子"上面有一个小点，像小荷的尖尖角，那是用3D打印出来的火星雷峰塔。雷峰塔之上，是太空站；雷峰塔之下，就是陆地站了。

太空电梯的玻璃门好像一面大镜子。王建国好久没有照镜子，现在无所事事，便开始仔细打量起了自己。在火星待了两年多，他觉得自己好像老了五岁。他原本是一张冬瓜脸，脸颊圆鼓鼓的；现在脸颊凹陷了，变成国字脸。眉毛似乎变得更粗更黑，眼神似乎变得更深邃，看起来有一股浩然正气。王建国对自己的鼻子还算满意，鼻梁高挺，鼻头圆润。嘴巴却不甚理想，嘴巴阔大，双唇太薄。有人说，嘴大吃四方，唇薄情亦薄，虽是无稽之谈，却影响了王建国的心情。他想这几年自己连思念妻儿的时间都没有，也算得上"情薄"了。想到这里，王建国觉得自己确实算不上是称职的丈夫和父亲。他的心中充满愧疚，于是干脆熄了灯，让四周陷入黑暗中。

两年多来，王建国从来没有机会好好休息，现在距离空间站还有三小时行程，不如安心睡一觉。可他一闭上眼睛，就想起妻子和儿子，怎么都睡不着。这次回家，他必须做一个重大的抉择：把妻子留在地球呢，还是把妻子带到火星去？

火星城刚好有一个适合妻子的职位——这里唯一的植物学家患上了急性淋巴细胞白血病。火星城里医疗设备不足，无法有效治疗这种病，必须把她送回地球医治。植物学家还算幸运，生病时赶上火星冲日，能够在最短的时间内赶回地球，估计能保住性命。可她一走，火星上这个植物学研究的空缺必须尽快填补，趁着火星冲日，把人送上火星。

植物学家离开的消息，王建国昨天才听人说起。王建国向市长推荐自己的妻子盈盈，她也是一位植物学家。王建国考量再三，觉得妻子虽然没有博士学位，但却是填补这个空缺的不二人选。

为了火星城的需要，王建国把妻子的情况，包括优势和弱点都如此这般跟市长一一说明。市长听了，瞠目结舌，先是惊奇，后转为惊喜："有这样的人？真是太好了！太适合我们了！她的弱点在地球上是弱点，可在火星上却是优势。我把职位保留给她，你回家后就把她带到火星上来吧。"王建国没有立刻答应市长。这件事虽然由王建国主动提起，但并不表示他愿意让妻子来火星。他心里七上八下，表示自己需要时间考虑，等回家之后，见了家人，了解家里的情况后，才能给市长回复。他怕做错决定，害了自己的儿子童童。

王建国在太空电梯里，脑子停不下来，不由考虑起这件事。他想起了妻子盈盈。盈盈对他千依百顺，会听他的话，况且，盈盈非常热爱植物学，有这样一个千载难逢的机会，她一定也不想错过。

可王建国还要考虑儿子童童的将来。盈盈若能来火星，发挥所长，协助国家建设火星城，在火星城里绿化造林，让树木吸收火星多余的二氧化碳，排出人类所需的氧气，让未来移居火星的同胞能够呼吸上新鲜空气，将是巨大的贡献。为了国家，他理应把妻子带来。可是，童童怎么办？

童童今年才九岁，正处于成长期，很快就会步入青春期。童童在心理最敏感的时候，需要爸爸妈妈的爱与关怀。身为爸爸，王建国长年不在家，把童童留给妈妈一个人照顾，已经让他感到十分愧疚。况且，一直以来，童童和妈妈相处得并不算愉快。也不知最近情况是否有所改观。王建国想，如果童童和盈盈的关系有所改善，他会让盈盈留在地球；反之，他觉得索性把盈盈带走也许不失为一个好的决定。

可是，把盈盈带走后，让童童孤零零一个人留在地球上又要由谁来照顾？身为父亲，他于心不忍。

想到这个问题，王建国怎么可能睡得着？

第二章

妈妈倚窗仰望
火星

　　早上，妈妈起床后做的第一件事，就是打开厨房的窗户，探出头去看天空。这时，童童坐在起居室里顿觉热浪扑面而来，于是央求道："妈，您别开窗，外面热。"

　　妈妈却不理会，说："我要看火星。你爸爸在火星。"

　　童童反驳："大白天您看什么火星？"

　　妈妈不以为然："你看不到不代表我看不到。我现在就能看得到火星。圆圆的火星在天空上。"

　　童童忍气吞声："好吧。您看够了就把窗关上吧。"

　　"还没，我要把宝贝搬出来，晒晒太阳。"

　　妈妈口中的宝贝，不是童童，而是植物。童童觉得，妈妈这个植物学家，爱植物多过爱儿子。妈妈小心翼翼地把一小盆多肉植物放在窗台上。放下之后，她又将小花盆转了转，换了个方向，好让多肉植物以最佳的姿态享受阳光。童童受不了外面的热浪，又不敢吭声。妈妈放好植物，又抬起头，痴痴望天，好像真的能够看见火星。

童童望向窗外，天空灰蒙蒙一片，除了太阳，什么都看不见，怎么可能看见火星？妈妈不讲理，说话颠三倒四，还是爸爸好。童童又想念爸爸了。看见天空，童童想起爸爸说过，爸爸小时候，天空就像一个大戏台，时常给他惊喜。大戏台后面的幕布，湛蓝清澈，犹如深不可测的浩瀚大海。幕布前的云朵变化多端，奇形怪状，时而七彩斑斓，时而洁白无瑕。偶尔抬头望去，会看见燕子轻盈地掠过，或者老鹰在高空盘旋。它们静悄悄的，各得其所。爸爸说，还有白鹭鸶，一来就是一大队，热热闹闹、欢欢喜喜的，带着旅行的心情，到处散播爱心。现在不一样了，全球变暖，天空被污染，要找一块干净的天空，比找一小片金缕玉衣还难。连太阳都在不怀好意地散发着恶毒的光，把人类逼入绝境。

可爸爸又说，人类还有转机。因为地球至少还可以支撑人类生存三百年时间。童童能不能活三百年？这很难说。几年前，科学家发明了一种芯片，叫不老芯片。不老芯片植入人脑里，可以大大延缓人体衰老，让人多活五百年。在不老芯片的广告里，有一个二十岁的女子，据说植入芯片之后，过了五年，看起来还像二十岁。爸爸不相信这则广告，认为不老芯片只是骗钱的幌子。童童却希望有这种神奇的东西。童童怀疑，妈妈也植入了不老芯片。妈妈今年三十六岁，看起来比实际年龄年轻得多。童童幻想，如果自己长大后，植入不老芯片，活到五百多岁，那该多好！那个时候，在地球上活不下去，就迁移到火星上去。爸爸现在辛辛苦苦地建设火星城，以后就可以让童童享用。到那时候，自己和妈妈的关系能更亲密些吗？

妈妈和童童不亲密，是因为六年前她得了一场大病。六年前，童童三岁，具体情况他记不清了，只记得妈妈生病，爸爸带她去遥远的地方治疗。那段时间，童童的生活起居，全由奶奶照料。

妈妈不在身旁，童童并不觉得特别难过。有奶奶的疼爱，日子过得温馨快乐。童童在奶奶面前是没有顾忌的，想干什么就干什么，要说什么就说什么，喜欢的食物要吃多少就吃多少，不高兴的时候要哭就哭、要闹就闹，奶奶总是顺着他，哄着他，搂着他。奶奶总是说："没有妈妈的孩子，就这么可怜，我的心肝，我的肉。"每当童童问起妈妈，妈妈总说："妈妈的病还没痊愈。"

都说没有妈妈的孩子很可怜，童童并不觉得。妈妈的缺席，没有给童童留下太多阴影。爸爸这才放心去火星。可是一年前，奶奶患上重病，不到一个月就撒手人寰。童童哭了三天三夜，哭哑了嗓子，也没能把奶奶叫醒。奶奶去世后，童童正伤心，爸爸从火星上发来消息，说他心急如焚却也暂时没法回地球去，好在妈妈的身体已经恢复健康，可以回家了。只是，妈妈的大脑还没完全恢复状态，加上和童童分离了四年，相处起来可能会有些不顺畅。爸爸让童童做好心理准备。果然，童童没多久就发现，妈妈似乎只惦记远在火星的爸爸，对自己却十分冷淡，他心里便对妈妈生出嫌隙来。看来，妈妈果然像爸爸说的那样，脑细胞因为那场大病损伤了，得了孤僻症，有社交障碍。那一场病，可能把妈妈的母爱也烧尽了。

爸爸解释道："妈妈不是故意对你不好，妈妈是还没痊愈。如果你愿意对妈妈好，感动了妈妈，或许妈妈的病会好起来。妈妈的母爱，像被野火烧了。你不是读过'野火烧不尽，春风吹又生'吗？你给妈妈'春风'，说不定妈妈的母爱又会生出来。"

爸爸说得不无道理，童童觉得自己身负重任，要拯救妈妈，要给她春风般的温暖。于是，他一有机会就大声呼唤，时时事事都尊重妈妈，竭尽所能对妈妈好。可是，童童的表现没有讨得妈妈的欢心。感到喜悦的，仅是爸爸一人。

近一年来，童童继续天天叫妈妈，继续天天吹着"春风"，却始终不见妈妈的爱萌芽。童童想改变现状，想与妈妈亲近，想牵妈妈的手，想替妈妈捶捶背，想投入妈妈的怀抱，可妈妈都不冷不热，能躲就躲。童童始终感受不到妈妈内心的回应，就更别说妈妈会主动和童童亲近。这些都伤透了童童的心。

童童正为此失神，却听妈妈忽然大叫一声："哎呀！"

童童心里咯噔一下，以为妈妈从窗口跌落了，赶紧朝妈妈的方向望去。还好，妈妈没事，还站在窗边。

"我的宝贝掉下去了！"妈妈边说边跑，奔向大门。

童童站起来一看，窗台上空无一物。

妈妈没有穿鞋，赤脚奔跑。她还穿着睡裙，若被人看见，可真尴尬。童童起身追去。妈妈没乘电梯，而是打开逃生门，往楼下一层一层地跑。也许妈妈因为足不出户，忘了有电梯。童童没有追下去。他追下去，妈妈也不会听他的话，不会跟他回来。妈妈只听爸爸一个人的话。

爸爸找到火星工程师的工作后，就带着奶奶和童童搬到这里来了。去火星之前，爸爸要先接受航天训练。爸爸选择这个地方，是因为这里靠近训练中心。

这里是一个新城区，所有邻居都刚搬来没多久。爸爸说，这个地方好，谁也不认识谁，没人知道童童家的过去。爸爸也考虑到妈妈搬来后，可以深居简出，不需要跟邻居打交道，也不会被人指指点点、说三道四。

后来，奶奶过世了，妈妈提前搬来，爸爸通过电邮提醒妈妈："以后你不用出门，也不需要跟左邻右舍打交道。"

　　童童觉得爸爸霸道，替妈妈争取，说妈妈虽然没有痊愈，但也有出门的自由。

　　爸爸解释说："妈妈的心智还没完全恢复，过度的社交反而有害无益，还交代童童不要跟别人提起妈妈的事，这样对他们母子俩反而是一种保护。"童童听后觉得不无道理。

　　想到这里，童童开始担心妈妈。他又想到这里是五层楼，一个小小的花盆连同一棵多肉植物从五楼掉下去，会不会伤到什么人呢？最近天气这么热，路上行人少之又少。有的话，也应该是机器人。路上的机器人，几乎都是AI快递员。他们脚底踏着轮子，手托着包裹，一阵风似的闪过。倒是妈妈，穿着睡裙、赤脚跑出门，会不会晒伤？

　　童童不放心，走到窗边往下望。不出所料，那盆多肉植物正好掉在机器人走道上，走道上都是AI快递员。AI快递员来来往往，迅速滑行，互不相撞。他们有感应器，不会碰到那盆多肉植物。那多肉植物掉下去后，已经解体，盆是盆，土是土，植物是植物，各散一处。

　　妈妈出现了，弯下身子要去捡起植物。就在她弯下身子的那一刹那，有一个手托古董椅子的AI快递员闪避不及，木椅子撞到了妈妈的头部。妈妈被撞后，倒在地上，不再动弹。AI快递员没有停下来，若无其事地托着古董椅子扬长而去。童童在五楼哭喊："妈妈——"

第三章

大哥哥的
黑布袋

　　童童戴上冷却斗笠，奔进电梯下楼去。冷却斗笠是一项伟大的发明，状如斗笠，材质轻便。它可以把太阳能转化成凉风，让头部保持凉爽。帽檐的凉风往下吹，脸部、后颈、肩膀、胸膛、背脊都会有凉意。太阳越猛烈，它的风越清凉。

　　童童见妈妈正要爬起来，却爬得很辛苦，手脚不听话，身体来回摇摆，像一尾在陆地上不能翻身的鲤鱼。妈妈不算很美丽，瓜子脸、小眼睛、小鼻子、大嘴巴，但五官摆在脸上，看起来很和谐。而此时此刻，她却狼狈不堪，怒形于色，看起来寒气逼人。

　　妈妈旁边站着一个陌生人，是一个大哥哥。他似乎想帮助妈妈，却不敢伸出援手，僵在那里。妈妈冷酷的表情，拒人于千里之外。那个大哥哥二十来岁，长得不算太好看，小眼睛、厚嘴唇、大鼻子，个子不高，戴着一个宽檐的冷却斗笠，身穿防热衣裤，脚踏电动滑轮。大哥哥的衣袖周边印着"科大研究员"几个字。他身旁有一个多格的铁笼子，笼子里有几只地鼠。在这个地区，路边不见流浪猫或流浪狗，却常见到地鼠从地洞钻出来。

　　童童没有理会这个大哥哥，径直走向妈妈。妈妈颤抖着站起身，步子走得歪歪斜斜。童童担心妈妈再跌倒，冲过去搀扶妈妈。妈妈却伸手推开童童，力道还不小，推得童童往后退了几步，差点撞到那个大哥哥。妈妈摇摇晃晃，要倒不倒，像立在风中的椰子树，等到风停后才能站直。她瞪着童童，严正警告："别碰我！"

　　童童往后退了一步，迁就妈妈。他觉得那个大哥哥站在一旁看笑话，于是赶紧催促妈妈："我们回家吧。"

　　妈妈扭头看地上的多肉植物。童童会意，蹲下来，要捡起多肉植物。这棵多肉植物，属于仙人掌类，球形，上面长满白色的尖刺。童童伸手一握，手指就被尖刺扎了，疼得他哀叫一声，马上把手缩回。他把手放在眼前一看，手指被扎破了，渗出三颗血珠。童童不敢再碰触它，抬头看妈妈。妈妈想蹲下来，扭扭捏捏，面露苦色，似乎有困难。

"我来!"大哥哥解开电动滑轮,从铁笼里抽出一把火钳和一把小铲子,缓缓走来。他用火钳把多肉植物夹起,放回小花盆里,又用小铲子把地上的泥土铲起来,装入小花盆,再用铲子把泥土压紧。大哥哥捧着多肉植物,交给妈妈。妈妈伸出双手把多肉植物接过来,对他微笑,向他道谢:"谢谢你!"

妈妈这个举动,让童童看了很惊讶。爸爸不是说妈妈有社交障碍吗?可是妈妈看起来好好的,有礼貌,也不惧生。爸爸太不了解妈妈了。也许,爸爸误会了妈妈。也许,妈妈的病情已好转。

正想着,只见妈妈接过她的宝贝,却不回家,依然站在原地不动,到底在等什么?童童催促:"走,回家吧。"

妈妈面向大楼门口,眼睛看着前方,双腿却往后退。退了两步,妈妈再次停下,深深吸了一口气,又急又难堪的样子。她向前伸出一只手臂,头往前倾,脖子向前抻长,做出决心往前走的样子,可抬起腿,又是往后退。她越是急,向后退得越快。她停住脚步,感到困惑,愣在那里,吭哧吭哧喘气,一副气急败坏的样子。

童童再也看不下去了,不管三七二十一,走向妈妈,攥住她的手腕,说:"妈,我牵您走。"

妈妈不领情,执拗地甩开童童的手,坚决地拒绝道:"我自己来!"

　　这一声把童童吓得缩回手，呆立在原地一动不动。

　　妈妈有锲而不舍的精神，不会轻易放弃。她想出了新办法，慢慢转动身体，背向大楼门口，然后开步走。妈妈以为这样她就能倒退到门口，结果事与愿违，这一次她一步一步向前走，离大楼门口越来越远。

　　妈妈停下来，叹了一口气，然后握紧双拳，自己问自己："怎么会这样？"

　　童童也纳闷妈妈怎么会这样？她到底得的是什么病？还是刚才头脑被撞坏了？

　　大哥哥的铁笼好像是一个八宝箱。他从铁笼里拿出一个黑布袋，对童童说："我来试试。"

　　他蹑手蹑脚从背后走向妈妈，对妈妈突袭，把黑布袋套在妈妈头上，然后推着妈妈走。

　　妈妈好像被绑架了一样，脸被蒙住，咿咿唔唔地叫，一手握住多肉植物，一手乱挥。童童不敢再去碰妈妈，他先走向电梯口，按键让电梯下来。时间配合得刚刚好，大哥哥使劲把妈妈拖进电梯里。

　　妈妈一手扯去头上的黑布袋，抛在地上。大哥哥捡起黑布袋，对着妈妈充满歉意地笑道："对不起，阿姨，我只能用这个方法带您进来。有冒犯之处，请多多原谅。"

　　妈妈气呼呼地瞪了他一眼，双唇抖动，想要骂大哥哥，又没有骂出口。她闭上眼睛，吸了一口气，看着手中的多肉植物，试图平静心情。她又睨了童童一眼，童童马上澄清："妈妈，我没有碰到您。"

电梯到达五楼，童童走出电梯，大哥哥留在电梯内等着下去，妈妈却走不出来。她对大哥哥说："送我回去。"大哥哥耸肩一笑，拿起黑布袋，不客气地罩住妈妈的头，推妈妈出电梯。这次妈妈没有反抗，乖乖"就范"，双手捧着多肉植物，让大哥哥推推拉拉。童童看了感到嫉妒又愤怒，觉得妈妈对别人都比对自己好。

童童抬头刷脸，大门打开，大哥哥推着妈妈入内。妈妈在黑布袋里瓮声瓮气地说："带我去卧室。"童童引路，大哥哥引着妈妈走。童童打开妈妈卧室的门，大哥哥带着妈妈入内。大哥哥帮妈妈揭开黑布袋，妈妈再次微笑，对大哥哥说谢谢，把大哥哥当作救命恩人。这时，大哥哥盯着卧室一角，好像发现了什么有趣的东西，若有所悟，发出一声："哦。"妈妈见状，收敛笑容，马上翻脸，双手推搡大哥哥，声嘶力竭地大喊："出去！你给我出去！"

大哥哥被妈妈突如其来的转变吓了一跳，拔腿就跑出卧室。妈妈用力过猛，大哥哥忽然离开，让她扑了个空，整个人扑倒在地。她手中的多肉植物一脱手，带着小花盆在卧室里滚动，撒了一地泥沙。

童童想扶妈妈起来，还没有动手，妈妈就抬起头，怒气未消，对他喊："你也出去！"童童只好退出房外。妈妈伏地抓着门角，"嘭"一声把房门关上了。

　　大哥哥还没有走，站在房门外，好像要继续看笑话似的。童童内心觉得这个人很讨厌，但想到他毕竟帮了自己一个大忙，不好把厌恶之情摆在脸上。大哥哥对着童童又耸肩一笑，好像看穿了童童和妈妈，自以为很了解情况，无所不知的样子。这种表情，更让童童厌恶。童童耐着性子礼貌地送他出门。大哥哥走得很慢，这时童童才发现他走路时有些一瘸一拐，好像两条腿一长一短。出了门口，大哥哥弯身握住膝盖，站在门外，还没有要离开的意思。童童想，即使不喜欢他，也应该跟他道谢，也应该问对方的名字，记住人家的恩惠。于是，童童在门口问："大哥哥，你叫什么名字？"

　　大哥哥回答道："我叫李梓辰。木子李，木辛梓，星辰的辰。"

　　"我叫童童，儿童的童。"童童诚恳地说，"谢谢你今天帮我妈妈，没有你，我还真没有办法把我妈妈带回家。"

　　大哥哥蹲了下来，坐在地上，撸起裤管。他的两条小腿骨瘦如柴，好像两根筷子。童童觉得不好意思，大哥哥坐在地上，好像是在嫌他招待不周，于是问："大哥哥，要不要进来坐坐，喝一杯茶再走？"

　　大哥哥捏着小腿上的肌肉——其实也没有多少肉——摇头说："我腿酸，休息一下就好。"

"对不起，我妈妈的事给你添麻烦了。我妈妈……"提起妈妈，童童不知该怎么说。

大哥哥反问："你妈妈？你的亲妈妈？不可能吧？"

大哥哥怎么这样讲话？这样讲话令人讨厌。我是妈妈的亲生儿子，你看不出来吗？我的瓜子脸、高额头、小眼睛、小鼻子、大嘴巴、尖下巴，简直就是用妈妈的模子印出来的，你还看不出来？童童觉得大哥哥这样问他，简直就是侮辱。他斩钉截铁、愤愤不平地说："她当然是我的亲妈妈，我就是她的亲生儿子。虽然我们关系不好，但是我们是母子俩，这是铁一般的事实，无可置疑。"

大哥哥听了，笑着耸了耸肩，却又摇了摇头，不知道表达的是什么意思。但很明显，他并不满意童童的答案。他不再多说，艰难地站起来，跟童童挥挥手，提着黑布袋离去。童童望着他的背影道："大哥哥，有空再来坐坐。"说完后，童童觉得自己很虚伪。他一点都不期待大哥哥来他家坐坐。

关了门，童童回头去看妈妈。他站在妈妈卧室门口，敲敲门，喊"妈妈"。喊了几次，妈妈都没有回应。这种事情不是第一次发生，妈妈常常这样，就算你在门口喊破了喉咙，她仍然可以充耳不闻。日子久了，童童找到一种应对方式，尽管妈妈没有回应，他也还是站在门外，大声把要说的话全都说完，吐得干干净净，不留下一点一滴。对着妈妈的房门喊话，变成童童发泄内心情绪的方式，就像在房门外倾倒垃圾，倒完后拍拍屁股离去。妈妈可以不闻不问，他依旧不吐不快。

这次，童童如往常一样对着房门倾吐自己的焦虑："妈妈，您好一点了吗……妈妈，您能走路了吗……妈妈，您需要我的帮忙吗……妈妈，有什么事情，您要说出来啊……妈妈，您说说话吧……妈妈，我很担心您，您知道吗……妈妈您这样不出声，我更担心……妈妈您说一句话吧，说什么都好……您就说，您现在很好……不然，您就说，走开……虽然您对我总是那么冷淡，至少我知道妈妈在我身边。……有妈妈，一颗心就完整了……没有妈妈，一颗心就缺了一角，无法弥补的一角……妈妈就是妈妈，您不能逃避，也不能不理人，更不能离开。……妈妈，我不能让您就这样待在里面……您再不出声，我就叫张阿姨来……张阿姨一定有办法……"

"叫她来吧!"妈妈终于出声了。

童童就知道，张阿姨是救星。爸爸交代他，家里有什么事情不能解决，就找张阿姨。妈妈如果发生什么紧急事故，不要找警察，也不要叫救护车，先找张阿姨。找张阿姨就对了。

童童操作全息手机给张阿姨打了电话。童童猜测，一定是妈妈行动不便，操作不了卧室里的全息手机。

　　童童打了几次电话，还是接不通，只让童童留言。童童只好留言："张阿姨，我妈妈又出状况了。她被 AI 快递员撞到，跌倒了。她行动不便，走路只能往后退。我妈妈叫我请您过来。我们在家里等您。谢谢您!"

第四章

张阿姨的
神秘来访

门铃叮咚响起，童童通过可视电话的屏幕看见张阿姨立在门口。他连忙通过声控设备开门，只见张阿姨一手提着医药箱，一手抱着一盆绿叶植物站在门口。绿叶植物开着小小的白花，散发着浓郁的香味。张阿姨永远那么好看，五十岁开外，鹅蛋脸，丹凤眼，头发花白，却不会邋遢。眼睛小小的，却依然明亮，目光中透出睿智。她一笑，脸颊上就现出深深的酒窝，那笑容慈祥亲切，让人感到温暖、安心。

"阿姨，您好！"看见张阿姨，童童有一种发自内心的喜悦。他伸手要把植物接过来，张阿姨却紧抱花盆，不肯松手："我要亲自交给你妈妈。"

张阿姨脱了鞋，径直往妈妈的卧室走去，还没有走到门口，她就喊道："盈盈，我来了！"

童童赶紧跟在张阿姨后面，听见妈妈高兴地呼唤："张姐！我想你了！"

妈妈打开房门。张阿姨止步，回头看童童，用下巴示意童童避开。

童童失望地转身离开，只是走得很慢，走了没多远就停下脚步。他听见妈妈惊喜地叫声："啊！茉莉花！"

"闻得到香味吗？"张阿姨问。

"闻得到。香。"

"真闻得到？"

"真闻得到。好闻呢。"

"那你的嗅觉没有毛病。"

"可是我的两条腿……"

"没事。只是一点小问题。你放心。"

"谢谢张姐。"妈妈感动地道谢。

门"嘭"的一声关上。卧室里寂静无声。童童什么都听不见。

这样偷听别人说话是不对的。童童受到内心的谴责，悄悄走开，走回卧室，乖乖坐下来。张阿姨和妈妈说的话，好像录音一样，不断地在他脑海里重播。妈妈对张阿姨的态度，自然诚恳，亲切得体。爸爸说她有社交障碍，不见得吧？不过，张阿姨跟爸爸妈妈认识多年，特别熟络，也许能冲破这层障碍。可是，童童和妈妈还不熟络吗？不是说母子同心吗？竟比不上一个外人？童童想起妈妈对大哥哥的微笑，觉得自己连一个陌生人都不如。他满脑子疑问，左思右想还是想不通。他心里有一股气，气妈妈对他不公平。

　　此时寂静无声，风吹草动都清晰可闻。卧室的墙壁离童童三米左右，童童仿佛听见妈妈的哭声，呜呜啼哭，时隐时现。妈妈在哭什么？大人的忧伤，童童未必明白。以前妈妈也常常对张阿姨哭诉。那时他们刚搬到这里不久，爸爸又去了火星，张阿姨常常来探望妈妈，每星期至少来一次，妈妈每次都向她哭诉。她们躲在卧室里，童童只听见哭声，也不管妈妈哭什么。那时童童七岁多，比较单纯，不会想那么多。随着年龄的增长，童童越想越多，也许是想太多了，庸人自扰。哭就哭吧，有什么问题呢？人是有感情的，有感情就会哭。以前童童哭的时候，奶奶说，哭吧哭吧，哭出来就好了，哭出来就舒服了，所以童童总是放声大哭，把心中的郁闷与不甘全释放出来。现在妈妈哭了，把胸口的郁闷放飞出去，这不是很好吗？童童这样想，妈妈舒服了，他就不用为妈妈操心了，也就舒服了。想到这里，童童松了一口气。

　　没隔多久，张阿姨和妈妈并肩走出来。妈妈低头含笑，面带羞涩。童童打心眼里感激张阿姨，感激她把妈妈的笑容找回来了。童童仔细看妈妈，妈妈的脸上并没有哭过的痕迹，眼睛没有红肿，看起来就是一个正常的人，双腿可以自然走路，不再后退。张阿姨真是妙手回春啊！

童童礼貌地站起来，问道："阿姨，您要回去了？"

张阿姨一脸认真地回答："不急。童童，要不要陪阿姨去天台走走？"

童童心里正有很多疑惑，希望张阿姨能够给他解答，便欣然说："好哇！求之不得呢。"

张阿姨把她的医药箱留在家里，牵着童童乘电梯，直上R层。这里的大楼，顶层都叫R层，Rooftop的简称。而每栋楼的R层都有一个空中花园。气候变暖，空气污染，小区的居民不再到露天公园去散步，空中花园是唯一的去处。一座大楼的档次如何，空中花园是一个指标。到空中花园走一趟，对这栋大楼的品质就心里有数了。

童童家所在的这栋大楼不算豪华，也不算简陋，属于中间档次。空中花园有一个玻璃穹顶。这个玻璃穹顶像一个撒谎者，天空本来是灰蒙蒙的，让人有压迫感，经过玻璃穹顶的过滤，天空呈现为蓝色，让人感受到它的辽阔和美丽，因为这"晴朗"的天气而感到身心舒畅。玻璃穹顶也把那恶毒的紫外线适当地遮挡住，照射进楼里的只有温暖柔和的阳光。这个美丽的谎言不但能抚慰人心，还把植物也"蒙骗"过去，让它们欣欣向荣，努力往上拉拔，该绿的绿，该红的红。

穿顶之下，有四个方形鱼池，鱼池里养着可以食用的鲫鱼和鲤鱼。鱼池不需人工处理，一切都智能化，自动调整鱼池水的温度，自动清除鱼的排泄物，自动释放鱼饲料，把鱼养得肉质紧实、健康活泼。在被送上餐桌之前，鱼群的生活是快乐和无知的。鱼群的快乐来自它们的无知，要是鱼群知道自己的命运，它们就会一辈子活得像忧郁的诗人。

鱼池与鱼池之间有人行道，人行道纵横交错，形成了一个个"田"字。空中花园的设计，遵循天圆地方的原则，穿顶是圆的，鱼池和人行道都方方正正。人行道有两米宽，有人在此跑步，有人在此推着婴儿车散步，也有人在此遛狗或遛鸟。人行道和鱼池之间，种有各类花草，有胡姬花、菊花、九重葛、富贵花、凤仙花、向日葵、半支莲、绣球花、矮牵牛、扶桑、茉莉花、含羞草、虎尾兰、海棠、金盏草、百日红、月季、玫瑰等等。这些花引来了翩翩纷飞的蝴蝶和嗡嗡乱叫的蜜蜂。鱼池与鱼池之间种有蔬菜，有大白菜、青葱、茼蒿、芥蓝、生菜、韭菜、苋菜、芦笋等等。这些植物，有AI灌溉系统和AI施肥系统的养护，长得恰到好处。但是，谁也不敢任意采摘或收割它们，因为监视器无处不在。

空中花园的玻璃墙壁内侧，种植了一圈香蕉树。香蕉树围绕整个穹顶的下缘，向上吐出嫩绿的大叶子。大叶子在阳光之下变得半透明，高贵美观。香蕉树不只有绿叶可观赏，还能长出营养丰富、让人心情愉快的食物。每一棵香蕉树顶梢，都吐出一串香蕉，带着一个紫红色的花苞，好像含苞待放的荷花。香蕉长肥后，整串都往下垂，把树身压弯了，像谦谦君子，给每一个人鞠躬。香蕉树前面是青草坡，青草细密低矮，像一大片柔软的地毯，赤脚踩上去应该很舒服。但是，青草受保护，不准行人踩踏。要上青草坡的话，有石阶可爬。爬上石阶，有一条环绕着花园的鹅卵石小路。小路边上，有一张张楠木长凳。

张阿姨带着童童，拾级爬上青草坡，坐在长凳上，背向香蕉树，居高临下看走道上悠闲的行人，还有鱼池里优哉游哉的鱼群。

张阿姨说："你们这里真舒服。"

童童失落地说："这里真的很舒服，但只有我和爸爸来。妈妈没有来过……我不认为妈妈有社交障碍。我认为她有母子障碍，对我特别不好，好像跟我有仇似的，整天板着脸给我看，对我很冷淡，不肯跟我说话，总是叫我走开。她赶我走，像赶小狗一样……我觉得我连一只小狗都不如，小狗还有主人疼爱。我就是不明白，我就是不明白她为什么要这样对我……"童童说着说着哽咽了。

　　张阿姨说："童童，我理解你的感受。我也理解你妈妈的感受。你妈妈有苦衷。她有她自己的秘密，那是她的隐私。她现在不想告诉你，等你再长大一点，她会告诉你的。你妈妈的隐私，对你也许不重要，对她却很重要。在她的心里，隐私就像一个蜂窝，不捅开来没事，捅开来对她对你都不好。我知道你妈妈的隐私，但我答应她，不能说出来。"

　　"阿姨，是不是每个妈妈都有隐私？"

　　"也不是。童童，你妈妈有隐私，因为她是与众不同的，她是独特的。在我心里，她多么难得啊！她这个隐私，对我也很重要。在我的生命中，你妈妈扮演了一个重要的角色。但是，对不起，童童，你妈妈还没有做好心理准备，我没有办法把真相告诉你。我相信，她不会永远隐瞒着你，总有一天，你会知道真相。反正，她的隐私是她自己的事，对你不会有任何伤害。"

　　"阿姨，妈妈有隐私，就要对我那么冷淡吗？这对我来说，也算伤害啊！"童童不服气，"我看过我小时候的照片，她把我抱在怀里，可亲切了。可是，自从生病回来之后，她就对我很冷淡，不再拥抱我，不让我碰到她。我稍微接近她，她都会很焦虑。"

　　"童童，你相信我。我知道其中原因。你妈妈有她的秘密，她怕跟你太接近，你会发现她的秘密，所以不敢跟你接触，不敢让你太靠近。你越是对她亲热，她越怕你靠过来，所以，她对你冷言冷语，让你知难而退，跟她保持距离。我跟你保证，她的内心，是关心你的。她是爱你的，但她不能够用肢体语言来爱你，所以，连口头上的爱，她都避免了。"

童童想起，有好几次，童童在吃饭，妈妈在他背后整理植物，他感觉到妈妈的眼睛在他背后盯着他。每次他回头看妈妈，妈妈却又避开他的目光，假装埋头苦干。妈妈在家里的各个角落养了各种各样的植物，有的放在窗边，有的放在墙角。为了让植物得到或避开阳光的照射，妈妈每天都忙着移动植物。童童在桌边吃饭，有时换一个方向，故意跟妈妈面对面，妈妈却避开他，跑到另一个角落，给植物浇水、剪枝叶、施肥和添土。

童童说："妈妈爱植物，多过爱我。"

张阿姨说："你妈妈爱植物，是另一种爱。那是她的兴趣，也是她的专业。现在她栽种植物，只是为了打发时间。她大学时期主修的就是植物学。那时她成绩优秀，名列前茅。我认识一位植物学教授，一提起你妈妈就夸她有绿手指，什么植物，别人种不活的，经过你妈妈的手，就活了起来。最为人称道的是，有一种植物，叫雪绒花，只长在高山上，你妈妈住在平原，居然把雪绒花养活了，还开出了白色的花，令人啧啧称奇。后来，不少人学你妈妈，在平原养雪绒花，却从来没有成功过。在大学里，很多人不知道你妈妈的名字，但提起雪绒花，如雷贯耳。你妈妈在大学里的绰号就是'雪绒花'。童童，我扯远了。你妈妈对你的爱，并不一样。你是她的儿子，血浓于水，哪有母亲不爱亲生儿子的？"

童童委屈地说："我就是感受不到她的爱。我也做出努力了。我尽量对她好，她还是对我冷若冰霜。"

张阿姨说："你要尝试跟她多沟通，不要钻牛角尖。不要只谈你妈妈对你好不好，也不要对她提出要求，那会令她难堪。你们之间的关系在紧绷的状态中。你每天怪她不肯接近你，她每天防着你接近她。两个人的注意力都放在这个点上面，就像在拔河，一人扯着一端，谁都不肯松手。如果你们能够放松心情，谈一点别的，肯定会缓和紧张的关系。现在你该做的是跟她多谈话。人都需要说话，这是人类的本能、人类的基本需求。你们生活在同一个空间里，如果能够多说说话，你一句我一句，关系自然而然就会变得融洽。"

童童说："我每次跟她说话，她都不应我。我跟妈妈说话，不像在交谈。我觉得，好像是我一个人在独白。我也希望你一句我一句，好像打乒乓一样有来有往，可是我每次发出去的球，都像掉落入大海一样。"

张阿姨说："我给你出个主意，你们从植物开始谈起。

33

这是她最感兴趣的话题。你也许对植物什么都不懂，那没有关系。你不懂，就问她。我相信她会很乐意给你解答。你要认真听她说话，虚心受教，继续找问题问她。你要小心的是，不要问她私人的问题。她有隐私，对自己的身体特别敏感，要避免问她任何有关身体的问题。谈植物，可以谈到植物的健康，但不要谈到人体的健康。还有，她不喜欢你接近她，你就跟她保持距离，不要去碰触她，让她有安全感。"

听了张阿姨这番话，童童茅塞顿开，顿时明白自己下一步该怎么做了。听君一席话，胜读十年书，童童有了新策略，要把妈妈当作一只绿鸟。

第五章
与妈妈拥有
同一片天空

　　童童的"春风"奏效了。他和妈妈的关系步入了春天。春暖了，花开了。暖在心里，开在脸上。一朵朵的笑容，一天天地绽放。每一天，妈妈都会带着笑容，跟童童一起吃晚饭。妈妈吃得不多，也不想多吃。就如张阿姨所说，妈妈大病一场后，食欲差了，食量也减少。妈妈不让童童另添饭菜，只添加一个饭碗和一双筷子。妈妈说不要浪费，她只是吃一些意思意思。有时她吃都不吃，只喝一杯橙汁或者一杯豆奶。这些都只是形式，意义才重要。意义就是和童童聊天，东拉西扯，有时说爸爸的往事，有时说妈妈的经历，有时听童童说学校里发生的趣事，什么都可以聊。不，也不是什么都可以聊，表面上没有界线，但在童童心里已经画了一条红线，不可以跨过红线，这条红线就是妈妈的切身问题。妈妈有隐私，不想被揭开。那个隐私像一道疮疤，揭开后妈妈会流血，会疼痛，会难堪。童童虽然感到好奇，也很想知道妈妈的隐私，但他学会了克制自己，不会主动去问妈妈的私事，除非妈妈愿意自己说出来。童童这么谨慎，不是因为他长大了，是因为他怕失去"春天"，失去和妈妈融洽相处的日子。张阿姨说过，捅开蜂窝，对大家都没有好处。

有一个晚上，火星特别明亮。妈妈打开窗户看星星，童童不再埋怨太热。妈妈叫童童过去，要跟童童分享她的天空。童童走向窗口，妈妈挪开两步，腾出窗口中间的位置。这时虽说是夜晚，却没有夜凉如水的感觉，童童仍然觉得外面的空气热烘烘的。童童把空气的温度当作妈妈给他的温暖。他投入暖风之中，犹如投入妈妈的怀抱。

"看见火星了吗?"妈妈的声音轻柔，和他靠得很近。母子俩很久没有这么近距离相处了。天空是紫蓝色的，披着一层蒙蒙的雾气，带着干草烧焦的味道。半个月亮，像纸糊的一样，冷冷清清地贴在东方一角。肉眼见得到的星星不多，不仔细瞧还以为它们是雾气中的尘埃。有一颗星星，略带红色，格外分明。

"看见了，最亮的那颗星星。"母子俩倚窗，一起拥有同一片天空，一起看同一颗星星，久久不说话。

对童童来说，这是他和妈妈之间的一种亲密。对妈妈来说，又何尝不是？

"我想念爸爸了。"童童说。

"我也是。"妈妈说。

两人共同的思念，也许会形成一股强大的力量，穿越太空，直逼火星。

第二天，他们就收到了爸爸的来信。爸爸的来信通过航天局的计算机，转发到他们各自的手机上。妈妈收到爸爸的信时，高声欢呼，好像一只雀跃的鸟儿，从卧室里跳着舞跑出来："我收到你爸爸的信了！"妈妈举起手机，把手机当作宣布胜利的旗杆，摇旗呐喊，兴奋的神情全洋溢在脸上。童童打开自己的手机，果然也有爸爸的信。爸爸不会偏心，写信时总是很公平，妈妈一封，童童一封。童童急着阅读爸爸的信，没理会妈妈。

童童：

　　你过得好吗？跟妈妈相处得好吗？你要记得，妈妈是你最亲的家人。无论发生什么情况，你都要对妈妈好。

　　你要注意健康，要多锻炼身体。爸爸不在家，没有办法陪伴你，总觉得对你有亏欠。你妈妈病后性格有些孤僻，社交方面多有不便，你要多多体谅。在学校里，你要多交朋友。我希望你在朋友那里可以得到一些欢乐。

你一定很孤单。一个人孤单时就会想太多，开始钻牛角尖。我也一样，所以在火星上一觉得孤独，就尽量保持工作忙碌的状态，防止自己钻牛角尖。我的确很忙碌，工作总是做不完，一直有新问题出现，一波未平，一波又起。还好，我有一群同心协力的同志。我们团队的七十二人情同手足。我们分担工作，一起想办法，一起解决问题。每次解决一个问题，我们都感到无比快乐。我们的痛苦，来自工作；我们的快乐，也来自工作。你应该读过梁启超的文章，他说过，从苦中得来的乐才是真正的快乐（大意如此）。还有，尽到最大的责任就会获得最大的快乐（大意如此）。我们在火星工作，能深刻体会他这两句话的意义。我们不会从娱乐中获取快乐，我们平时也没多少空坐下来聊太多闲天，谈的几乎都是工作问题。我们的时间太宝贵了。我们的食物都是航天飞船从地球送过来的，运输成本昂贵，真是"谁知盘中餐，粒粒皆辛苦"。食物给我们精力，我们把全部精力投入到工作中。

当然，祖国尽可能地照顾到我们工作之余的

娱乐生活，为我们在这里建了一间卡拉OK歌房。需要的话，可以进去唱歌。不过，我们都知道自己在跟时间赛跑，一心一意要把火星城建设好，没有太多闲情用来唱歌。我不是不喜欢唱歌，我也天天唱歌，不过都在洗澡的时刻唱。只是我洗澡的时间短暂，有时都唱不完一首《我和我的祖国》。我洗澡不敢用太多水，水也是稀罕的。洗澡水得再循环，过滤后再给我们饮用。

张阿姨给我来信，说她的朋友要做一项医学试验，征召志愿者，需要十岁左右的小朋友。她想推荐你去参与这个试验，但你尚未成年，而且这项实验存在一定的风险，必须先征求我的同意。我回信给她，我同意你参与，但我不勉强你，让你自己考虑，做最后的决定。如果你没有兴趣，不想参与，可以直接拒绝她。如果你勇敢接受挑战，愿意为人类的进步做奉献，我会感到骄傲。不管你做出怎样的选择，爸爸都尊重，也永远爱你。而且这个医学试验还没有那么快进行，等张阿姨征求你的意见时再考虑也不迟。

最后，我要告诉你一个好消息，我两个月后就返回地球。你可以通过《火星消息》网站，关注下一趟载人航天飞船抵达地球的日期。那天，我会披星戴月、腾云驾雾而来。

期待和你们见面！

孩子，我爱你！

爸爸

于火星城

童童全神贯注地读完爸爸的信，看到爸爸说要腾云驾雾，自比孙悟空，不禁莞尔一笑。他感觉眼前的光线受到遮挡，抬头一看，妈妈不知什么时候悄悄来到了他面前。妈妈和他的距离，难得这么接近。妈妈对童童，已经放下了戒备。妈妈凝视着童童，等童童把信读完，对着童童摇晃自己的手机，问童童："要不要看？"

以前爸爸给妈妈的信，妈妈都不允许童童看。这次妈妈主动把信交出来，令童童受宠若惊。童童接过妈妈的手机，战战兢兢地阅读。他怕看到什么肉麻的话，肉麻的话会令他起鸡皮疙瘩，浑身不舒服。

亲爱的盈：

你还好吗？跟童童相处得愉快吗？童童还是一个孩子，我们家情况又特殊，他从小就缺少我们的关爱。如果他做出什么鲁莽的举动，你别太计较。尽量对他温柔一点。

　　我在火星向你报告。我的生活正常，身体也健康，工作虽然忙碌，时不时都会想起你。以前不懂得珍惜，常常为了鸡毛蒜皮的小事跟你怄气。分开以后才知道，两个人能够在一起并不容易，需要天时和地利。

　　童童读到这里，差点笑出来。他觉得爸爸写信给妈妈很奇怪，为什么还需要押韵？他又想，是不是写情书，都需要押韵？以后上语文课，问一问语文老师。

　　我们这里七十二个同志，负责十七项计划，动用了三千个机器人。这些，你都知道的。目前，几乎所有计划都正顺利进行，只有一项不是那么理想。我们用种子在火星培育蔬菜、果苗和苗木，成果不尽如人意。蔬菜种得还可以，但是自从发生汞中毒和砷中毒事件，我们不敢再食用以火星土壤种出来的蔬菜。目前，地质学家正努力去除土壤中的重金属。苗木的生长最令人失望，不是瘦小孱弱，就是东倒西歪，而更多的则枯萎死亡。来火星之前，我们在地球上有模拟火星环境的苗圃，也用类似火星泥土的玄武岩培育植物，苗木都茁壮成长。那时负责种植的是一批机器人，我们称之为 AI 园丁。我们把这批 AI 园丁运到火星来，用同样的种子，以同样的方法，同样的光线、湿度、温度和土壤，却没有办法把苗木栽培出来。我们的植物学家也因此感到苦恼，听说她压力太大，最近生病了。造林计划很重要，几乎是火星城的命脉所在。树林能把二氧化碳转化成氧气，是未来同胞赖以生存的制氧机。

火星的种植环境和地球相比缺少什么呢？我们能想到的只有两样：地球有磁场，火星没有磁场；地球的引力大，火星的引力小。在火星建一个人造磁场，是我们的另一项计划，正在进行中。这里的植物学家说，引力可能是苗木发育不良的主要问题。这个问题，在地球上不曾发生，AI 园丁也没有相关数据，它们不能解决，植物学家也一筹莫展，于是我想起了你。

盈，你也是植物学专家，你可是大名鼎鼎令人钦羡的"雪绒花"啊，可以培育别人无法培育的植物。你帮我想想，有什么法子解决这个问题。等我回去跟你讨教。我回来的日期和时间，请注意《火星消息》，以他们说的为准。

永远爱你！

建国

于火星城

　　童童看完爸爸给妈妈的信，把手机交还给妈妈，心中存疑，问道："妈，您真的能解决爸爸说的问题?"

　　妈妈胸有成竹地说："这样的问题，机器人没有经历过，没有大数据，束手无策。人类的脑子比机器人强，要解决问题，必须靠人类的创意思考。我看，他们那个植物学家缺乏创意。等你爸爸回来，我给他几个建议，让植物学家在火星上做试验。我相信我能够帮助你爸爸，能够为造林计划做出贡献，你等着瞧!"

　　妈妈把自己说得那么厉害，童童不相信，却不想泼她冷水。妈妈信心满满，实在高兴，竟手舞足蹈起来。妈妈哼着外国歌曲，载歌载舞，舞步奇特，看起来有点滑稽和不协调。

　　"妈妈，您跳的是什么舞?"童童从来没有见过这种古怪的舞蹈。

　　妈妈转了一圈，停下来说："这是古巴的丹松舞。这是一种失传的舞蹈，现在没有人会跳了。"

　　童童觉得妈妈夸大其词："没有人会跳，您怎么会?谁教您的呢?"

　　妈妈眨一眨眼睛，得意地说："我读大学期间，有一个来自古巴的交换生，是一个绑着长辫子、有古铜色皮肤的女学生。她在我们学校只待了一个学期。我们教她说普通话，她教我们跳古巴丹松舞。她说，古巴丹松舞在二十世纪初盛行一时，后来被其他新潮的拉丁舞取代，渐渐失传了。我们这个同学的爷爷和奶奶是丹松舞的传人。别人不跳，他们自己跳，也教他们的儿子媳妇、女儿女婿和孙儿们跳。我们的同学特别爱跳舞，得到爷爷奶奶的真传。她刚来到我们学校没多久，我们班上的同学都学会了。我太久没跳了，生疏了，跳得不好。现在的身手，不如以前的灵活……"妈妈说到这里，像发觉自己说错了话，捂住嘴巴，不再说下去。她瞥了童童一眼，换了一个话题，问童童，"爸爸有没有写信给你?"

"有啊。您要看吗?"童童把手机递给妈妈。

妈妈读完爸爸给童童的信，板着脸说："我不会让你去冒这个险。"

童童感觉这句话里有妈妈的爱，不去反驳妈妈。但如果让他选择，他愿意挺身而出，为人类的进步做出贡献。

第六章

大哥哥夹着飓风而来

俗话说，好花不常开，好景不常在。这是真的，也是残酷的。春天很短暂，童童和妈妈的"春天"，只有短短的一个月。一个月后，大风暴没有预警地降临了。大风暴因大哥哥李梓辰而起，在童童心里卷起一股飓风。

这天下午，童童在放学回家的路上坐在校车里睡着了。校车仿佛摇篮一般，童童每天都会在这摇篮里睡着。校车是安全和安稳的，童童安心地睡。童童享受睡眠，喜欢做梦。校车自动驾驶，没有司机，但是会跟乘客说话，因为校车里配备了一个隐形机器人。童童到家了，隐形机器人就通过播报系统说："童童，到家了，请下车。"

童童迷迷糊糊听见播报声，但是他还在睡梦中，眼睛

睁不开，身体不能动弹。他刚刚梦见妈妈带他去参加一个
露天盛会，男士们西装革履，女士们衣香鬓影，他们在草
地上翩翩起舞，而童童只专注于自助餐桌上的食物。餐桌
是长方形的，上面有各种水果、各式甜点，还有烤羊、炸
鸡、卤鸭、熏肉、牛排、虾球、鱼柳、大闸蟹等等。童童
垂涎三尺，正在考虑要吃什么好，还没开动，就被叫醒
了。他心有不甘，不愿意醒来。

他所坐的椅子猛然摇晃一下，播报声又响起，音量更
大了："童童，起来了，到家了。"

童童这才睁开眼睛，仓促起身，背上书包，跟跟跄跄
地走向车门，可是车门却紧闭着。播报声又响起，温馨提
醒："童童，别急，先戴上你的冷却斗笠，再下车。"童童
回头，看见他的冷却斗笠还挂在前座背后的挂钩上。他回
去把斗笠取下，戴在头上，再走向车门。车门打开，隐形
机器人说："童童，小心台阶，注意安全，再见。"

童童没有说再见。他觉得跟机器人说话是笨蛋才做的
事。他睡眼惺忪，走向大楼电梯口。电梯口前有两级台
阶，童童意识到有一个影子坐在角落。童童以为是流浪
汉，不愿多看一眼，径自往电梯走去，却听见那个影子喊
他："童童!"

童童回头一看，原来是大哥哥。

"大哥哥，要不要去我家坐坐?"童童还没有想清楚，

脱口而出这一句。也许上次他看见大哥哥坐在地上，这么问过他。现在大哥哥又坐在地上，童童没有经过大脑，自然而然又问了同一句话。这也没有错，这是礼貌。虽然他不喜欢大哥哥，但大哥哥曾经帮过他，知恩图报是应该的。他以为大哥哥会拒绝，大哥哥却没有拒绝，只是伸出手掌，对童童说："等一下。"他坐在台阶上，起不了身，一双手不停按摩着自己的小腿。

"你怎么啦？"童童问。

"我小腿抽筋。没事，一会儿就好了。"大哥哥咬紧牙关，五官扭曲，面露痛苦的神色。过了一会儿，他才放松下来。他想站起来，却力不从心，跌坐回去。童童伸出手，拉了他一把。

"谢谢。"大哥哥站起来后，把手搭在童童肩膀上，把童童当作他的拐杖。两人一起走向电梯。童童感到很意外，他没想到大哥哥真要上他家坐坐。童童搀扶着大哥哥走入电梯，心里想，也许大哥哥口渴了，要去家里喝杯茶。他愿意请大哥哥喝一杯橙汁，报答大哥哥救他妈妈之恩。大哥哥要在他家吃饭，童童也愿意为他做饭。

在电梯里，大哥哥问童童："你妈妈怎样，好了没有？"

"我妈妈很好。她没事了。那天下午，医生来了，很快把妈妈医好了。"

"医生医好的？怎么可能？"大哥哥一脸疑惑，不相信童童的话。

童童解释："我爸爸妈妈有一个好朋友，是一个医生，我叫她张阿姨。那天妈妈回房间后，我打电话给她。她下午过来，就把妈妈治好了。"

"那个医生怎样医治她？医生给她打针呢，还是吊点滴，还是吃药，还是针灸？"

"我没有看见。张阿姨叫我走开。她在卧室里替妈妈治疗。"童童说。

"卧室的门关上了？"大哥哥问得详细，好像警探在查案。

"关上了。"

大哥哥撇一撇嘴，点了点头，诡异地微微一笑，又一副那种好像天下事无所不知的样子。童童看了觉得讨厌。他们到达五楼，走出电梯，大哥哥停下脚步，又问童童："你妈妈以前有没有生过病？有没有去过医院？"

童童说："我三岁时，她大病了一场，去外地医院治疗，很久才回来。"

大哥哥又点头："哦，外地医院，你也看不到。"

"我那时三岁，什么都不懂。"童童说。

大哥哥继续追问："你长大后呢？她还有没有其他生病的时候？比如说，发烧、喉咙痛、咳嗽、感冒、流鼻涕、拉肚子……有没有？"

　　童童想了想："这些好像都没有。我妈妈身体健康，不容易生病。有一次她晕倒，对了，她昏迷不醒。我按爸爸的叮嘱打电话把医生叫来，医生很快就把她治好了。"

　　"也是同一个医生？"大哥哥问。

　　"是的。也是张阿姨。大哥哥，你老问这些，到底为什么？"童童忍不住发牢骚。

　　"我怀疑你妈妈……"大哥哥没有说清楚，"我看，我还是不要去你家了，我怕你妈妈不欢迎我。"

　　"不会吧？"童童笑着说，"你救过我妈妈，她怎么会不欢迎你？"

　　大哥哥坚持不入家门，说："我们另找一个地方一起说说话吧。"

　　"好吧。我们去空中花园。"

　　童童把背包和冷却斗笠放在家门口，跟随大哥哥乘电梯上R层。

　　电梯里，大哥哥注视童童，问道："童童，你今年多大了啊？"

　　童童说："九岁。"

　　大哥哥说："你还小，有些事情，你也许不应该知道。"

　　童童知道，妈妈有隐私。妈妈不让他知道，张阿姨也不让他知道。难道大哥哥知道？大哥哥的出现，就好像一根羽毛，在挠着童童的脚底。童童原本可以克制自己，不去管妈妈的私事，被他这么一说，好奇心又被撩起，忽然很想知道真相。好奇心就像脚底的一小块红疹，不去抓它没事，去抓它就越抓越痒，红疹愈发不可收拾，弄到自己坐立不安。

空中花园门口有一个贩卖机，大哥哥刷脸，买了一瓶矿泉水。童童饿了，买了一瓶巧克力牛奶。他们进入空中花园，童童指着草坡上的楠木长凳："我们坐在那里吧。"童童说完，径自蹦蹦跳跳爬上石阶，在长凳上坐下来，打开巧克力牛奶，咕噜咕噜喝了几口。大哥哥在下面，慢慢爬上石阶。他爬得很吃力，每走两步才踏上一级，双足合拢，喘一口气，停顿片刻，再往上爬。走到长凳边，他叉着腰直喘气。

"你还好吧？"童童问。

"我身体不行，活不了多久。"大哥哥苦笑。

童童说："开玩笑，你还年轻，长命百岁呢。"

大哥哥说："我也想，我想活到五百岁。"

大哥哥坐下来，扭开矿泉水瓶盖，喝了一口水，却被水呛到，水从口里喷出来，像开香槟一样四溅。接着，他不停地咳嗽，咳得很猛，好像要把肚肠都咳出来。咳完后，大哥哥揩着眼泪跟童童说："对不起。"

童童想听妈妈的隐私，可是，大哥哥没说，只说起自己的隐私。大哥哥的隐私，童童并不感兴趣，不过大哥哥愿意诉说，童童姑且听听。大哥哥说他的病是家族遗传的，不会传染给童童，叫童童放心。大哥哥很了解自己的病情，知道自己的病会怎么发展，现在他走路有困难，以后他呼吸都会困难。但是他不会死，他会活到五百岁。他不是开玩笑的，他真心这么认为。他现在在大学里的研究所学习，专业是机械与神经科学，主要研究课题是如何把神经元和机械连接，用神经元来控制机械。他说，不久后他将装上一双机械腿，用机械腿走路，用自己的神经控制。装了机械腿以后，他可能会装上机械肋骨，帮助他呼吸。他还说，他的身体将渐渐由机器取代，以后他就是半个机器人，不容易生病，可以活到五百岁。最后，他加上一句："跟你妈妈一样!"

"哦。"童童听明白了，"你是说，我妈妈植入了不老芯片，可以活到五百岁?"

"不，"大哥哥说，"我是说，你妈妈是一个机器人。"

"不可能!"童童反驳。

大哥哥说："现在的仿真机器人，可以做得跟人类一模一样，肉眼分辨不出来。"

童童说："我知道，我看过。我的学校里有机器人同学，他就是仿真机器人。"

大哥哥说："你妈妈就是机器人。"

"不可能!"童童理直气壮地说，"机器人是不会吃东西的，他们没有消化系统。我妈妈是会吃东西的，她现在每天都陪我一起吃饭。"

"你说的，只对了一半。"

大哥哥说，一般的机器人都不吃东西，但也有例外。七年前，有一家机器人工厂专门生产AI伴侣。AI伴侣是仿真机器人，做工精细，长得跟真人无异，所有动作也跟真人一样。他们的功用就是当人类的伴侣。顾客买了AI伴侣之后，就是机器人的主人。机器人会听主人的话，陪主人聊天、逛街、吃饭。随着时代的进步，人类越来越寂寞，这种机器人就有了市场。大哥哥强调："这类机器人是会吃东西的。他们也有味觉和嗅觉，会品尝葡萄美酒，能说出酒龄，还会分辨大闸蟹是不是来自阳澄湖的。"

童童问："这种机器人有消化系统吗?"

大哥哥说："AI伴侣没有消化系统，肚子里有一个搅碎机，吃进去的食物会被搅碎。在适当的时候，AI伴侣会上厕所，清空肚子，把肚子里的食物排放掉。"

童童说："浪费食物。"

大哥哥说："说得对！就是因为这种机器人浪费食物，环保人士提出抗议，五年前，国际机器人制造商协会就订下了条例，不准机器人公司再制造会消耗食物的机器人。所以，一个会吃东西的机器人，只可能是在五年前至七年前之间制造的。"

　　"我妈妈不可能是机器人！"童童掏出手机，给大哥哥看一张照片。这是妈妈在八年前拍下的照片。那年童童一岁，妈妈把童童抱在怀里，充满爱意地凝视着童童。

　　童童振振有词地说："你说，AI伴侣是在五年前至七年前生产的，你看我妈妈，这是八年前的照片。我妈妈抱着我。所以，我妈妈不会是AI伴侣。再说，我妈妈会生孩子。我妈妈怎么可能是机器人？"童童觉得大哥哥说话不靠谱，还自以为聪明，胡乱猜测。

　　"给我看看。"大哥哥看着童童和妈妈的照片，照片底下，注明的是八年前的日期。大哥哥似乎想看出什么破绽，注视了好久，做出百思莫解的样子。

　　"有了！"大哥哥在找碴儿，"你看你妈妈，是不是很像现在的样子，完全一模一样？"

　　"当然。她是我妈妈，有什么奇怪的？"

　　"奇怪的是，你妈妈没有变老。八年前的样子和现在差不多。"

　　"我妈妈植入了不老芯片，那是她的秘密。"

　　童童从大哥哥手中夺回手机，查找图库，他在图库里收藏了一些妈妈年轻时候的照片。他让大哥哥看，妈妈二十二岁时的大学毕业照、妈妈十五岁时上中学的照片，还有妈妈十二岁还是个小女孩时的可爱模样。

　　大哥哥看后，问童童："所以，你想证明什么？"

"你说我妈妈没有变老，我想证明给你看，妈妈也会变老，而且会长大。机器人会长大吗？"童童就是想证明大哥哥胡说八道。

大哥哥心平气和地说："没错。机器人不会长大，机器人也不会变老。你小小年纪，会这样推断，有前途。但是我还是相信，你妈妈是机器人。"

"你没有理由。"

大哥哥问童童："你说过，你三岁的时候，你妈妈大病一场。然后，她离开家去外地治疗。你有一段时间没有看见她，对不对？"

"是的。这又有什么关系？"

"我怀疑，我只是怀疑，你听了不要生气。"大哥哥停顿片刻，吸了一口气，继续说，"我怀疑，你妈妈在那个时候离开了人世。回到你家的不是你妈妈，而是你妈妈模样的AI伴侣。"

童童还是生气了。他激动地说："你胡说！机器人都是好看的，男的帅，女的漂亮，怎么可能制造一个机器人，像我妈妈这样……这样普通？"

他不想说妈妈长得不算美。

"机器人也是可以私人订制的，就是你想要机器人是什么样子，就制造出什么样子的机器人。"大哥哥解释，订制机器人的外貌并不困难，只要用三维摄影机拍下那个人的全身照，就能够用三维打印机把那个人的外貌打印出来，然后制造一个跟那个人长得一模一样的机器人。大哥哥认为，童童的爸爸太爱童童的妈妈，在他妈妈死前，订制了一个跟妈妈长得一模一样的机器人。不过，这可要花一大笔钱，不是普通人付得起的。

童童沉默了。他想起这一年多来妈妈的种种冷漠，心中也开始疑惑，难道妈妈真的是机器人？想到这里，童童感到害怕，害怕得全身发抖，抽噎起来。

他这一哭，吓坏了大哥哥。大哥哥拍拍童童的肩膀，说："童童……"他不知该说什么。他已经说得太多了，说得童童哭了。童童呜咽着，哭声不大，有一声，没一声，声音悲切，听得出他心中的痛。大哥哥赶快说："童童，我只是猜测，不一定是对的。你妈妈是一个好妈妈，你妈妈……"

童童怒道："我妈妈死了！"

大哥哥赶紧安抚他说："也许你妈妈是正常人，不是机器人。"

"不！你说我妈妈死了，我妈妈就可能死了。我妈妈在我三岁时死了，回来的不是我妈妈，是机器人……"童童抽泣。

"不不不……不不不……"大哥哥一紧张，说话也结巴起来，"不不不……是我不对。你不要伤心，就当我什么都没有说过……"

童童拿出手帕，拭去眼泪，擤一把鼻涕。哭泣就像一场大雨，能够洗涤内心世界，哭后视线更清明，头脑更冷静。童童吁了一口气，抬头问大哥哥："你怎么证明我妈妈不是机器人？"

这是一个难题。大哥哥不能随便敷衍。他认真地思考，想到一个重点，赶紧回答童童："你妈妈有感情，你妈妈有真感情。"

童童反问："机器人不会有感情吗？"

大哥哥诚实地说："机器人的感情是制造出来的，在编程里写出来的。什么时候需要哭，什么时候需要笑，什么时候忧伤，什么时候愉快，都是设计出来的。表情是假的，只是在演戏。你妈妈的感情，依我看，是真挚的，不能质疑的。"

童童叹息，他的心情已经平复，没有刚才那么激动。

大哥哥问童童："你妈妈跟你说话，有没有提起往事？"

童童说："她最爱提起往事，说从前怎样怎样。"

大哥哥问："她说的从前是什么时候？"

童童说："她年轻的时候，还有我爸爸年轻的时候。"

大哥哥说："所以，她有以前的记忆。"

童童说："是的。有些记忆她印象深刻，记得很清楚。比如说，她提起当年在大学里种植雪绒花，能够说出细节，而且还感到骄傲。"

大哥哥说："这就对了。她有以前的记忆，在你三岁之前的记忆，证明她不是机器人。"

童童听了大哥哥的话，并没有感到释然。童童说："也许，我妈妈在死前，把她的记忆录下来，交给制造机器人的公司，然后将她的记忆资料输入机器人的脑袋，机器人就能如数家珍地把她的记忆说出来。大哥哥，你说，有没有这种可能?"

大哥哥不置可否，只是说："童童，你太棒了。这样的事情你都想得出来。"

童童有一个要求："大哥哥，有一个问题我想问你，你要诚实回答我，不许瞒骗。"

"你问吧。"大哥哥拍拍胸膛，"我绝对如实招来，知无不言，言无不尽。"

"大哥哥，你是怎样发现我妈妈是机器人的?"童童问。

"嗯……"大哥哥小心翼翼地回答，"首先，你妈妈在路边爬起来的时候，她的反应不自然。你知道，我是学习神经科学的，以我对人类神经系统的了解，这不是人类的反应。她的反应很机械化。我又是学习机械智能化的，觉得她这种反应只可能是机器人的。后来，我又有一个发现……"大哥哥欲言又止，停在这里，没有继续说下去。

童童提醒他："大哥哥，知无不言，言无不尽。"

大哥哥说:"好吧,我说。我在你妈妈的卧室发现了一张充电椅子。我的研究室里也有同样的椅子。这种充电椅子是专供机器人用的。充电椅子下面有一根电线,连接插头的电源。机器人只要在充电椅子上面坐一分钟,就充电完毕,可以耐上两三天。普通家庭是不会买这种充电椅子的,除非家里有机器人。我发现充那张电椅子时,你妈妈的反应特别强烈,要把我推出房间。我猜测,这张充电椅子是你妈妈专用的,她怕秘密被发现,所以才赶我走。所以,我说你妈妈不会欢迎我,因为我知道她的秘密。我说完了。"

童童知道,妈妈卧室里有一张椅子。它会不会只是一张旧的椅子?爸爸只是带回来当普通椅子用?童童想到一个观察的方法,如果椅子底下的电线仍旧连接电源,那么它就是仍然在使用中的充电椅子。但是,这样去戳穿妈妈的秘密,好吗?

大哥哥谨慎地说:"童童,我说的只是我个人的看法,很可能是错的。你是聪明的孩子,要有自己的判断。"

童童沉默了。他回家之后,想了很多。就如他爸爸所说,一个人孤单时就会想太多,开始钻牛角尖。大哥哥说妈妈是机器人,像给童童带来一颗炸弹,炸得童童脑子里一片空白。那颗炸弹是烟幕弹,轰然作响,烟雾弥漫开来,童童看不清楚,迷茫了,不知如何继续走下去。要爱妈妈吗，还是不要爱妈妈？妈妈是真妈妈吗，还是假妈妈？一厢情愿地去爱一个机器人，是不是很愚蠢？把真妈妈当作机器人，是不是很不孝？要不要去寻找真相，揭开谜底？捅破马蜂窝，伤害妈妈，又伤害自己，有意义吗？如果妈妈是假的，这样虚假下去，大家都在演戏，生活又有什么意义？反过来说，这样虚假下去，又有什么问题？把它当作虚拟游戏，不就行了吗？玩虚拟游戏的时候，童童都能抛开现实，尽情享受；换成虚拟母子，童童就不幸福了吗？万一发现妈妈是机器人，难道要跟她翻脸，从此断绝来往？翻脸过后，要怎样跟爸爸交代？爸爸才是机器人的"幕后黑手"，那他不就变成童童的对立面了吗？童童爱爸爸，怎么可能"认父作贼"？那么该怎样面对爸爸？爸爸不是说过，无论发生什么情况，都要对妈妈好？童童能不对妈妈好吗？

　　一大串问题困扰着童童，让童童陷入难以抉择的泥沼，不敢轻举妄动。一子错满盘皆落索。童童也只能拖。他不敢面对问题，不敢去查证，不敢看妈妈的椅子。日子就这么拖下去。他还是跟妈妈一起吃晚餐，还是一样聊几句，不过，童童跟妈妈说的话变少了，对妈妈的反应变冷淡了。妈妈说的笑话都不好笑，妈妈说的故事都不精彩。童童也不想抬眼看妈妈，偶尔四目相对，他觉得简直触目惊心：你到底是谁？于是他瞬间就把视线移开。

　　妈妈那么聪明，善于观察，当然发觉到了童童的变化。妈妈不疑有他，问童童是不是有心事，是不是学业压力太大，是不是遭到同学的霸凌。童童不知如何回答，就给了一个万无一失的答案："我想念爸爸。"这个答案合情合理，妈妈可以接受。

　　童童期待救星到来。救星就是张阿姨。张阿姨仿佛一盏明灯，会照亮童童的路，让童童知道该怎么继续往前走。

第七章

张阿姨的
远大理想

张阿姨原名张乐，和童童的妈妈亲如一家，直呼她的名字盈盈。盈盈看见张乐，也会一口一个"张姐"地叫唤，对她掏心掏肺，什么事情都毫无保留地倾诉。

这一天，张乐按门铃，是盈盈开的门。盈盈看见张乐，亲热地呼唤："张姐！"

童童正在洗澡。放学回家时，盈盈问他要吃什么，准备帮他做饭。做饭不难，只是开关机器，童童说："不用。"这种小事，他不需要妈妈的协助。可是，盈盈坚持。盈盈说："你爸爸都叫我对你好一点。我也不知道能为你做些什么，就让我帮你做做饭，尽一尽做妈妈的责任。做饭只是举手之劳，你不要跟我客气。你说，你要吃什么？"

　　童童想吃扬州炒饭和紫菜豆腐汤。盈盈走向烹饪机，动手做饭。童童待在一旁，盈盈打发他去洗澡。张乐来到时，饭已做好，童童在浴室里还没有出来。

　　张乐的视线越过盈盈的肩膀，看见餐桌上冒着热气的扬州炒饭和紫菜豆腐汤，还有摆放得整整齐齐的筷子和勺子，小声问盈盈："你要吃饭？"

　　"不。我不浪费食物。"盈盈说，"我给童童准备的，他在洗澡。"

　　张乐悄悄地问："你们的关系……"

　　盈盈笑眯眯地说："张姐，我们母子的关系，没有比现在更好的了。"

　　张乐祝贺："恭喜恭喜！"

　　盈盈显得有些腼腆，双手交叉反握，十指紧扣，两臂往下挺直成V形，缩起脖子，笑得像一个小女孩。她说："还要谢谢您呢。我有今天，全都倚赖您的帮助。"

　　张乐感到欣慰，也感到心酸。她的心酸只有自己知道。她欣慰的是看见盈盈又回到从前的样子。六年前，张乐第一次看见盈盈。盈盈说出自己的心愿时，就是这么忸怩——挺直双臂，缩起脖子，腼腆地笑。终于，盈盈拥有了完整的自己，恢复了记忆，恢复了感情。盈盈的完美，是张乐最大的成就，是张乐内心的骄傲。张乐回想起来，一路走到今天，真是百感交集。她和盈盈相遇，是祸是福，难以说清楚。而她心酸的是她给了盈盈新生命，却断送了自己的前途。

张乐自幼聪颖过人，大学修读医学系，成为了一个脑神经科专家。她孜孜不倦，继续学习，又取得了计算神经科学博士学位。她精通医学，又研究计算机科学，对机器人也了如指掌，能把机器人拆解后再组装回去。她是一个全面发展的人才，唯一不足的是感情生活寡淡。她没有谈过恋爱，也不想谈恋爱。她有理想，有抱负，有远大的目标，不拘泥于小儿女式的情情爱爱。她的目标就是延长人类的寿命，让人类能够"长生不老"。张乐不是秦始皇，秦始皇是自私的，她是无私的。她是为了全人类，不是为自己。

十多年前，张乐接受大学礼聘，在研究所当教授，领导一群科学家着手展开"人脑工程"计划。七年前，她的团队成功设计了一枚电子人脑模型，并研制出了电子人脑芯片。这枚电子人脑芯片的设计非常不简单，它模仿人脑的神经系统网络结构，复制了人脑的100亿个神经元和1000兆个突触连接。

"人脑工程"团队成功制造出了的芯片，但只是一枚"空脑"芯片。张乐取得芯片后，必须做一个试验，把人脑的所有信息抄录入这枚芯片，然后，把这枚芯片植入一个仿真机器人里。张乐相信，只要芯片能保存所有人脑信息，并依照人脑的神经系统操作，人类的记忆和感情就能保存下来。为了兼顾人脑的"感情冲动"，这个人脑模型，除了神经系统，还模仿了人脑下丘体释放荷尔蒙的效应。虽然没有实质的荷尔蒙，但其信息反应，足以表达人类的喜怒哀乐、爱恨情仇。

这种长生不老计划，如果只能为一个人服务，格局太小。张乐的长生不老计划，是为广大群众服务的。他们制造的电子脑（电子人脑芯片）可以量产，人人都有机会把记忆抄录入内，人人都可以延续生命。

张乐心里早已有计划，明确地知道自己应该走怎样的路。她先找到一家机器人公司合作，确保电子脑植入机器人后能够发挥作用。一切准备就绪，她便开始通过社交媒体寻找一个志愿者。这个志愿者必须是一个临终病患，没有医药治疗之可能。简单地说，她要找一个濒死的绝症患者。这个绝症患者必须同意做一个手术，把人脑移植到机器人的头颅里。

张乐不想向患者透露详情，不想告诉患者她要把人脑的信息抄录入电子芯片，而是只告诉患者，那是一个人脑移植手术，把人类的脑子装入机器人的头颅里。这是瞒骗行为。为什么张乐要瞒骗？为什么张乐不直接说明要把人脑变成电子脑？张乐要患者相信，患者依旧有同样的脑子，同样的记忆，同样的感情，和真脑没有分别。如果换了头脑，患者仍然相信自己拥有原本的大脑，不知道脑袋已经搬家，才是百分之百的成功，才能达到延续生命的效果。如果张乐不隐瞒实情，一早就对患者说破，告诉患者说："我把你大脑储存的信息抄录到了芯片里。"那么患者知道脑袋已经不见，只剩一枚芯片，不可能以为自己拥有同样的脑袋，也不可能有延续生命的感觉。张乐认为，这种瞒骗的行为是逼不得已的，是延续生命的必要步骤。

装了电子脑的机器人，会以为自己有一个人脑。人脑需要氧气和营养，同时会产生代谢物。这是普通常识，谁都知道。如果这个机器人不吃不喝不呼吸，患者一定会怀疑头颅里面装的不是人脑。为了让患者消除疑虑，张乐要找一个能呼吸、能吃东西、能上厕所的机器人。那个时候，只有一家机器人公司符合张乐的要求，那就是专门制造 AI 伴侣的机器人公司。AI 伴侣能呼吸，会吃东西，也会上厕所。

张乐找 AI 伴侣公司的老板合作。老板姓马，觉得张乐的概念很有商业价值。马老板想，人人都希望延续生命，希望自己长生不老，这类机器人如果成功制造，必定能够大卖。张乐和马老板言谈甚欢，一拍即合，马上签下合作协议书。马老板为了配合张乐的计划，提升 AI 伴侣的品质，要做一个订制的 AI 伴侣，机器人不但拥有真人的脑，还长得跟真人一模一样。产品还没有做出来，马老板已经拟好了广告语："长生不老，青春永驻。"他和张乐分工合作，张乐负责人类"长生不老"，他负责人类"青春永驻"。机器人有了真人的相貌，就更值钱了，可以开出更高的价码，马老板可以赚更多的钱。机器人的售价，张乐没有兴趣。张乐的目的不是为了钱。她不收取酬劳，免费"动手术"。张乐要的，只是做试验。试验成功，就能够为人类做出贡献。现在，电子脑有了，机器人有了，只差试验者。万事俱备，只欠东风。

张乐在社交网站发出"征求换脑试验者"的通告后，有七百多人前来应征。扣除那些不是患上绝症的，只剩下三百个合格者。合格者以老年人居多。张乐斟酌再三，决定给年轻患者机会，她觉得年轻人更需要延续生命，而且术后观察也可以持续较长时间。她挑选了十个年轻患者来面试。

盈盈在这个环节走进来。盈盈来面试时，张乐问她："为什么你要延续生命？"

盈盈害羞地说："我快要离开人间，却舍不得丢下我的爱人。我怕他孤孤单单一个人，日子不好过。我要延续生命，陪伴他一辈子。"说完，她双臂伸直，缩起脖子，腼腆一笑，让张乐印象深刻。

张乐告诉她，手术过程可能要忍受极度的煎熬，也许会痛不欲生。

　　盈盈挺起胸膛，坚定地说："我不怕!"

　　张乐也不知道手术有多痛苦，但是，要读取神经元信息，就不能用麻醉药。在没有麻醉的情况之下，解读100亿个神经元，记录每个神经元的信息，绝对不是一件轻松的事情。

　　张乐瞒骗了盈盈，告诉她是把人脑移植入机器人，盈盈同意了，也明白手术有风险。之后，张乐要求单独和盈盈的丈夫王建国见面。她把手术的真相告诉了王建国，也说明了她瞒骗盈盈的原因，请求王建国多多体谅。王建国完全同意张乐的做法。王建国很爱妻子，希望妻子有延续生命的感觉。他认为，如果让盈盈知道自己的脑子变成了一枚芯片，那她就不会感到快乐。于是他说："这是一个善意的谎言。"

　　张乐不敢保证试验会成功。如果抄录不成功，王建国只能带回一个长得像盈盈又不是盈盈的AI伴侣。王建国斟酌再三后决定听天由命，说没有关系，能够让他天天看见一个活生生的盈盈，总比天天对着盈盈的照片流眼泪好。订制的AI伴侣着实不便宜，一般人买不起。王建国为了完成盈盈的心愿，把房子抵押给银行，贷款来买机器人，弄得近乎倾家荡产。

　　抄录神经元的技术，不是张乐发明的。在这之前，已经有人抄录过地鼠大脑的信息输入到芯片里，把芯片植入到机器鼠身上。地鼠以前学过的东西，机器鼠没有忘记，证明记忆可以从鼠脑抄录到芯片上，这是一项突破。但是利用地鼠做试验有其局限：地鼠不会说话，人类不懂地鼠的语言。抄录了记忆之后，机器鼠东跑西窜，爬上爬下，吱吱乱叫，似乎要告诉人类什么，人类却不明白它在说什么。知其然而不知其所以然，非常可惜。

科学家不敢抄录人脑的信息，因为抄录神经元的过程，需要解构神经元，对神经元是一种伤害，会导致细胞死亡。脑死即人死，人死是大事，科学家不敢轻举妄动。他们只敢进一步，研究猿猴的脑袋，期待得到更多信息。

做了猿猴的电子脑又怎样？还不是一样听不懂猿猴的语言？猿猴高兴不高兴，舒服不舒服，有没有感情，全不得而知。张乐想，试验一步一步做下去，做到最后，还是需要回归到人类身上。张乐不管那么多，决定比别人快一步，先动手一试。她认为，反正临终患者已濒临死亡，不参与试验将毫无生机，参与试验还有存活的机会。抄录失败，患者为科学做出牺牲；抄录成功，让一个人延续生命。这不是杀人，是救人。

第一次试验，竟然圆满成功。张乐顺利抄录了盈盈大脑里的信息，输入电子芯片，植入机器人里。盈盈就这么悠悠醒来，靠机器人的身体再活了一次。最初，盈盈还不习惯新身体，感情不很稳定，四肢也不很协调。盈盈的问题，张乐一一帮她修复。对盈盈来说，张乐是她的医生，更是她的恩人。对张乐来说，盈盈是她的研究成果，更是她的骄傲。张乐对盈盈说："你浑身上下只有大脑需要摄入一些养分，所以不必吃太多，两天喝一杯饮料已经很足够。如果你饿到发慌，补充一杯葡萄糖水也行。"

其实盈盈不会挨饿，因为电子脑根本不需要食物。让盈盈吃一点东西，只是满足她的心理需要。张乐也不希望她吃太多，以免浪费食物。

张乐等试验成功后写了一篇报告，洋洋洒洒三万字，发表在医学杂志上，得到的反馈对她而言却如晴天霹雳。专家们不是褒扬她的成就，而是站在人道主义的立场，对她进行了无情的抨击。他们根据医学界的道德标准，数落张乐的罪名，说张乐瞒骗，说张乐谋杀。最后，张乐被医药协会判了两宗罪：第一是瞒骗罪，医生对患者隐瞒实情，以欺骗手段进行手术，手术实质与承诺不符；第二是错误致死罪，患者是临终病人，但并没有要求安乐死，而是要求延续生命，而医生却令她脑死亡导致她的生命结束。因为这两宗罪名，张乐受到了惩罚。她的医生执照被永久吊销，她服务的大学也解雇了她。现在，张乐为了生活，只能在大学当兼课讲师。她不能继续她的科学研究，"人脑工程"计划无限期搁置。张乐的学术生涯走到尽头。

虽然如此，张乐没有放弃盈盈。她每个月都来探望盈盈，少则一次，多则两三次。她要了解盈盈的状态。今天看见盈盈恢复成为一个完整的人，她心里多么高兴，多么骄傲。但她也因为别人的不理解和不认同而感到心酸。她的成就，只有她自己知道。她曾经多次撰写文章，报告患者的最新状况，投稿给医学杂志，但是都遭到退稿。她去信询问杂志社缘由，得到的回答是："我们理解您的情况，也同情您的遭遇，但是您的论点，我们不敢苟同。如果我们报道您的成就，就有替您洗脱罪名之嫌。"

现在的盈盈，已经和其他人类没有两样，不单是一个好妻子，还是一个好妈妈。张乐看了，心里好像打翻了五味瓶，酸甜苦辣咸，样样都有。

张乐说："盈盈，你肯为童童做饭，做一个好妈妈，我觉得你太棒了。今天，我要奖励你。等童童吃饱后，我带你和童童一同到天台去，我们去看看空中花园，好不好？"

"太好了！我想去那里很久了！"盈盈拍手叫好，但是这份喜悦很短暂，她随即皱起眉头，幽幽地说，"可是建国叮嘱过让我不要出门。"

"盈盈，你放心好了。我带你出去，建国不会说什么。"她又安慰道，"盈盈，你不必担心。这个时候，空中花园的人不多。你只要不让别人太靠近你，别人是看不出来的。童童跟你住在一起这么久，都没有看出来……"

盈盈抢着说："那是因为我跟他保持距离。"

　　张乐说："盈盈，你要对自己有信心。你近乎完美，就算近距离，也未必看出有什么不妥。空中花园是一个好地方，那里空间大，你可以躲开人群，一个人看花花草草。"

　　"我最喜欢花花草草了。"盈盈蠢蠢欲动。

　　"我做你的挡箭牌，如果有人过来，你躲在我后面。这样最安全了。我们去空中花园，带你散散心，我也想跟你说说童童的事。"

　　"张姐，是不是那个什么医学试验的事?"

　　"就是要跟你们谈这件事。"

　　"张姐，我什么事都听您的，但这件事我可不能听您的。建国说过了，这个试验有风险，我不能让童童去冒险。"

　　张乐问盈盈："你相信我吗?"

　　盈盈说："我当然相信您。"

　　张乐又问："我害过你吗?"

　　盈盈说："张姐，您是我的恩人，我这条命是您捡回来的，怎么会害我?"

　　张乐说："那你相信我，我不会害童童的。盈盈，你也是我的试验者，我也说过试验有风险，但我对你有信心，你是我挑选出来的，我相信你一定会通过这个考验，结果你不负所望，漂漂亮亮地活了下来。童童做的试验，和你的相比，风险极低，几乎没有生命危险。如果健康出现状况，也只是暂时性的，没过多久一定会复原。"

"到底是什么试验？"

张乐说："试验的详情，我待会儿跟你们两人一起说。"

盈盈说："我就是担心。"

张乐释然一笑，说："这证明你有母爱。"

盈盈咕哝道："我本来就有母爱。"

第八章
躲在洞穴里的
千年困兽

　　童童、妈妈和张阿姨，站在电梯口。电梯来了，里面有一位中年妇人。童童想进去，却被张阿姨一把拉住。张阿姨对那个中年妇人礼貌地说："您先上去，我们人多，等下一趟。"童童感到费解，电梯可以容纳十个人，他们三个，哪算多？

　　他们三人乘另一部电梯上楼，途中停下，有一对夫妇挤了进来。张阿姨没有拒绝，也没说人多。妈妈恐惧不安，躲到张阿姨身后，把自己塞在一个角落里，缩头缩脑的。那对夫妇也要去空中花园，张阿姨让他们先走，和他们保持距离。

　　妈妈一踏进空中花园，不禁惊呼："哇！好美。"童童不禁在心里感叹：可怜的妈妈，搬来这里两年了，连楼顶上有一道美丽的风景都不晓得。

只听妈妈问："天空为什么会这么蓝？一切好像回到了从前。"

张阿姨解释道："错觉，这全是错觉。这是玻璃的折射给人的错觉。"

妈妈说："即使是错觉，感觉依然美好。你看，植物也因为美好的阳光，长得这么茁壮。"

没走几步，妈妈蹲了下来，像一颗钉子钉在了地上。她观察着走道边一朵紫色的花，惊叹道："韭兰？韭兰花怎么有紫色的？我只知道白色和粉色的韭兰花，怎么有紫色的？"妈妈一看见花，就着迷了。

张阿姨把她拽起来："盈盈，我们先谈正经事。谈完正经事，你要看花，我让你看个够。"

妈妈仍歪着头往下看，视线没有离开地上的韭兰，心不在焉地说："去哪里谈正经事？"

张阿姨指着草坡上的楠木长凳："我们坐在上面谈。"

他们三人爬上石阶，坐在长凳上。张阿姨坐中间，母子俩坐两边。妈妈频频回头，看长凳后面的香蕉叶子，赞叹着："太漂亮了！"

张阿姨严肃地说："今天我要谈的是一项很重要的研究计划，由我的一个好朋友领导。这项计划需要儿童当志愿者，参与一项医学试验。我答应帮他找志愿者。我找你们两个商量，是希望盈盈能够答应让童童去参与，当然，最终还是要看童童本人的意愿。"

童童摆出一副无所畏惧的模样，毫不犹豫地回应道："我愿意。"

妈妈却唱反调："我不答应。"

"你们先别做决定，耐心听我说完。"张阿姨接下去说，"这个研究是关于人类冬眠的。人类本是恒温动物，不会冬眠，但是人类却有冬眠的潜力，只是没有被激发。现在，我们已经找到了打开人类冬眠关键技术的钥匙。"

妈妈忍不住打断张阿姨的话："你想让童童去冬眠？"

张阿姨说："是的。"

妈妈说："不行。万一童童长眠不醒怎么办？我只有这一个儿子。"

"我还没有说完呢。"张阿姨继续说，"这个研究计划已经进行一段时间了，也做过多次试验，我们能够促使人们进入冬眠状态，也能够把人们叫醒。参与试验的人，都能够从冬眠中醒过来，不会有生命危险。只不过，冬眠过后，可能会出现一些状况，比如肌肉萎缩，或骨钙流失。这些状况并不严重，因人而异，不久后都能恢复正常。前几次的试验，志愿者都是成年人。这次试验，他们想找儿童，但是儿童不好找。未成年人要做试验，需要家长同意。大多数家长都不同意，怕有风险。所以，我的朋友拜托我，帮他们找志愿者。"

童童说："张阿姨，我也可以帮您找志愿者，我可以劝我的好朋友跟我一起参与。"

妈妈对童童泼冷水："人家才不会像你一样傻。"

张阿姨叹了一口气，说："盈盈，你疼爱孩子，我可以理解。但是我们也要考虑，是不是也要培养孩子独立思考、勇于担当的主人翁精神?"

童童说："张阿姨，我不怕。我想为大家做点贡献。只是我想问，冬眠需要多长的时间，我得向老师请假。"

张阿姨赞赏说："童童，这是一个好问题。人类能够冬眠多长时间，也是这次研究的目标之一。志愿者在冬眠的时候，每分每秒的身体状况都会被观察和记录。冬眠一个星期后，会让志愿者醒来一天，确定精神状况良好，就继续第二阶段的冬眠。第二阶段的冬眠时间更长，预定两个星期，然后再进行身体检测。如果身体状况允许，志愿者又有意愿继续冬眠，则进入第三阶段——四个星期的冬眠。以此类推，可能会有第四阶段，现在还不好说。"

妈妈发牢骚："这怎么行? 没完没了? 一连几个月冬眠，不需要回学校学习了吗?"

张阿姨回答："至于他们的学习，肯定受影响，所以，国家会做出补偿。接下来三年，国家会拟定特别课程培训这群孩子。也就是说，接下来三年的教育，包括住宿与膳食费用，全由国家负担。"

童童说："哇！做试验还有这么多好处。妈，可以省下三年的教育费呢！"

妈妈说："可是那三年你得离开家。你舍得丢下妈妈一个人吗？我可不答应。"

张阿姨对童童说："除了教育费，冬眠试验中身体状态最佳的两个儿童，将会得到特别奖。"

童童问："什么奖品？"

张阿姨附在童童的耳边，悄悄说话。

童童听了跳起来，激动地欢呼："我要！我要！"

张阿姨说："有十男十女做试验，只有身体状态最佳的一男一女能得到奖励，不是你要就可以得到。"

童童问："怎样才算状态最佳？"

张阿姨说："最佳就是指冬眠的代谢程度最低，冬眠时间最久，醒来后身体状态恢复得最好的。"

童童说："我会努力，做最佳的那个。"

这时，妈妈却喊道："你想都不用想，我不会让你去。"

童童不满地大叫："妈——"

张阿姨说："好了，你们别吵了。童童要参与也好，不参与也好，你们好好考虑，明天再给我答案。盈盈，你不是要看花吗？我们下去赏花吧。你们以和为贵，不要为我的事伤了和气。"

童童没有心情赏花，心里还是挂念着冬眠试验的事。

他们走下草坡，走在人行道上。这个时候，说早不早，说晚不晚，来往的行人并不多。人行道呈田字形，前方若有人走来，张阿姨就拉妈妈拐入岔道，避开和别人碰面，以免妈妈感到难堪。

妈妈走走看看，心情越来越好，渐渐露出真性情，仿佛一只兴奋的白兔，不停地往花丛里探。花花草草对她来说都很熟悉，却不常见，如今见到它们，像是老朋友久别重逢，有种他乡遇故知的感觉。

妈妈不怕别人笑话，竟然跟花花草草低声说起了话："好久不见！你怎么来这里了呀……啊，你居然躲起来，我差点错过了……你摇头晃脑的，有什么委屈，跟我说呀……"

童童跟在妈妈后面，保持一米距离。一只蜜蜂嗡嗡嗡飞过来，童童随手一挥，把蜜蜂驱走。蜜蜂一转身，贴在妈妈脸上。

童童想帮妈妈拨开蜜蜂，却有所顾忌，不敢太靠近。蜜蜂不会吓坏妈妈，童童会吓坏妈妈。蜜蜂紧贴着妈妈嫩滑的脸颊，尾巴往下一摆，尖刺狠狠蜇了妈妈一下。童童暗叫一声，仿佛自己都感觉到了一阵刺痛，然而，妈妈竟面无表情，眉头都不皱一下，真不可思议。也许妈妈太专注于赏花，浑然忘我。

"妈妈，你脸上有蜜蜂。"童童不能不说。

"哪里？"妈妈在另一边脸颊拭擦。

"另一边。"

妈妈这一次捏住了蜜蜂，把它抛开。

童童看见蜜蜂尾巴上的刺针已与身体分离，忽然觉得肚子不适，说："我肚子疼，想上厕所。要回家了吗？"

妈妈说："不要，我还没看够。"

张阿姨问："花园里没有公共厕所吗？"

童童说："我不习惯。我要回家。"

妈妈说："我还不想走，要不你自己先回去吧。"

童童不想丢下妈妈，用眼神向张阿姨求助。

张阿姨说："你先回去吧，这里有我，不会有问题的。等一下我再送你妈妈回家。"

童童按着肚子，奔向电梯。

回家后，他果然拉肚子了。家里的食物，一买就是一大箱，有的是爸爸买的，有的是童童网购的。如果是爸爸买的，都两年多了，过了有效食用期。童童做饭前，都会先检查盒子上的有效期。妈妈吃得不多，平时难得做饭，也许疏忽了。妈妈吃得不多，却不会瘦，永远保持那个身材，皮肤还那么好。童童想起妈妈脸颊的皮肤，太嫩滑了，太完美了，没有深浅肤色，没有一点雀斑。那只蜜蜂往妈妈脸上蜇去，妈妈似乎没有感觉。会不会因为妈妈脸上的皮肤本来就没有感觉？

童童提醒自己不能这么想，这么想又会钻进死胡同，上了大哥哥的当，把妈妈当作机器人。大哥哥那个混账，居心不良，胡说八道。

童童从卫生间出来洗了手，又洗了把脸。要清醒一点，不要胡思乱想。妈妈爱我，我爱妈妈，不要怀疑她。妈妈不在家，不要怀疑她。

童童心里像念着咒语，告诉自己，妈妈就是妈妈，妈妈是真妈妈，妈妈有真爱，母爱是妈妈的天性，所以妈妈不想让他去参与试验，所以妈妈不想让他去冒险。妈妈说什么？妈妈说："可是那样你得离开家。你舍得丢下妈妈一个人吗？我可不答应。"妈妈不愿意让他离开。妈妈舍不得童童，童童也舍不得妈妈。童童心里这么说，却不知道自己在做什么。他不知不觉走到妈妈的卧室门口。停在门口，他问自己："我来这里做什么？"

妈妈不在家，房门锁了吗？童童一推就打开了门。房门没有上锁。开了门，他就什么都看见了，那张椅子也看见了，无处遁形。椅子，椅子，你也不用逃，你根本不是充电椅子，是大哥哥那个混账诬赖你的。我来证明你的清白，证明你不是充电椅子。童童走进妈妈的房间，走到椅子旁边，蹲了下来，趴在地上。看见了，什么都看见了。

椅子坐板底下，连着一根电线。就只是一根电线。电线又怎样？这是什么时代了，充电还需要电线吗？这根电线有什么用？电线通往哪里？电线通往插座，插座接通着电源。

想不通，想不通。

童童跌跌撞撞从妈妈的卧室里出来，带上房门，冲入自己的卧室，锁了门，扑在床上放声大哭。他到底在哭什么？他自己也不知道。眼泪如洪水，决堤涌出。声音如躲在洞穴里的千年困兽，喷涌出喉咙。自从奶奶去世后，他没有这么哭过。上次是哭奶奶的死，这次哭什么？哭妈妈的死。他的妈妈死了。他的妈妈在他三岁的时候就死了。而这次是真的。大哥哥说的都是真的。自己被蒙在鼓里。六年了，他都一直在懵懵懂懂过日子，把机器人当作妈妈，现在想起来都好笑。童童哭着哭着，不禁笑了出来。

张阿姨和妈妈回到家的时候，童童已经哭累了，无声无息，但不是风平浪静。他的内心还是充满不甘，澎湃起伏。

妈妈找不到童童，问："童童呢？还没有回来？"

她走到童童的卧室外，轻轻地敲敲门，问："童童，你在里面吗？"

童童不再那么笨。跟机器人说话，多么没有意思！童童不睬机器人。

"他身体不舒服，可能在休息。"张阿姨说。

应该让她们知道，他在卧室里面，免得她们胡乱猜测，又惹事端。童童轻轻咳了两声。

妈妈听了说道："他在里面，不知道吃了药没有？"

童童听见妈妈这么说，没有感到温暖，反而感到厌恶。机器人，也会假惺惺。

"让他休息吧，别吵他。"

她们走开后，童童睡着了。

第九章
脱下你虚假的面具吧

第二天早上，童童匆匆忙忙吃早餐，吃最简单的鸡蛋熏肉三明治。他起床时，妈妈正在整理植物，看见童童就问："醒来了啊?"

童童没有看妈妈，也没有回答，当作耳边风。

一会儿妈妈又问："病好了没有? 今天舒服一点了吗?"童童只顾把三明治塞进嘴巴里，满嘴食物，不能说话。

没有时间了，校车快到了，他必须抓紧时间下楼去。他头也不回，开门出去，还听见妈妈的声音："小心，慢走，再见。"

童童告诉自己："是机器人在说话，是机器人在说话。"

到了学校，看见子轩和浩宇，童童心里特别高兴，在他们背后各猛拍一下。他们两个被惊得哇哇直叫。他们的叫声多好听啊！他们都是人！和童童最好的就只有这两个人了。两个人，真正的人。

子轩和浩宇被拍得莫名其妙，满脸惊诧地对着童童，问道："为什么拍我们？"

浩宇也玩笑道："说，什么道理？说不出道理，我们双倍奉还！"

童童笑着说："哈哈哈，因为你们都是人，都是好人！"

两人作势要拍童童。童童连忙用手臂抵挡，说："我有我的道理！你们听我说。"

这只是缓兵之计，童童脑筋快速转动，总要想出一个理由。他灵机一动，说："这叫作先惊后喜。让你们先吃一点苦头，再给你们一个惊喜。"

子轩半信半疑："什么惊喜？你说说清楚，不然就给你好看。"

童童把张阿姨说的消息告诉他们，说明作为试验者的好处，还特别强调说："国家会养你三年，可以为你爸妈省很多钱。"他又把两个特别奖形容得十分诱人，把子轩和浩宇都说得心动了。童童又说："这个试验只征召二十人，十男十女，机会难得。不过，我看你们的爸妈都不会同意的，你们只有羡慕我的份。"

　　子轩和浩宇都表示要回家说服父母。他们谈着谈着，浩宇忽然说："如果诗涵能跟我们一起去就好了。"浩宇很想念诗涵。子轩狗嘴长不出象牙，说："诗涵？音信杳然。"诗涵已经入院好一段日子，没有回来上课，也没有消息。童童也很想念诗涵。诗涵是他的同桌，以前她在旁边时总是咳嗽个不停，童童听习惯了，现在回想起来，觉得那咳嗽声轻轻柔柔，略带沙哑，特别好听。他不确定林黛玉是不是这样咳嗽，但他相信林黛玉的咳嗽声没有诗涵的好听。一听，就知道是真人咳嗽。机器人不会咳嗽。

　　童童没有告诉两个好朋友他与妈妈的矛盾。这是"家丑"，不可外扬。这也可以说是家变——家里的妈妈忽然间变成了机器人。他心里很烦，无心向学，上课心猿意马，一直想着一个问题：好好的妈妈怎么变成了机器人？他实在无法接受这个事实。可事实就是事实，妈妈不是忽然间变成机器人的，妈妈在六年前就变成了机器人，只是这些年，童童还把机器人当作妈妈，一厢情愿，自作多情。他觉得自己被欺骗了。童童就处在这种彷徨的状态，心里乱成一团，脑袋好像机器在打棉花糖，老师教得再好，他也听不进去。他静不下来，一静下来就想太多。上课时间变成了一种煎熬。下课后，跟同学打打闹闹，东拉西扯，他才能感觉到自己的存在。同学还是同学，他还是他。

　　放学后，要回家去，童童再次惶恐不安，不知如何去面对那个机器人。那个机器人不是他妈妈。以前放学回家，他一上车就睡觉。现在他睡不着，脑子里一直响起一首歌："你是牡丹我是你的花瓣，你是阳光我是你的春蚕，你是农夫我是你的种子，你是母亲我是你的少年……"童童会唱的歌不多，这是他熟悉的一首歌，唱过不止一百遍，现在想起来，心情更加激动，尤其那句"你是母亲我是你的少年"，两天前唱起这句歌词感觉还很甜蜜，今天唱起来却感到痛楚。虽然痛楚，童童却很享受这种刺激。自己的头脑像一块石头，被这像海浪一样的反复吟唱的歌儿一阵一阵地拍打。石头被大浪拍打，比被蜘蛛丝缠绕还好受些，能把烦恼塞到头脑的一个死角。

其他同学下车后，车上没有别人，只剩下童童和校车上的隐形机器人。隐形机器人不算人，童童不管他。童童张开嘴巴，拿出磅礴的气魄，大声歌唱："你是牡丹我是你的花瓣，你是阳光我是你的春蚕……"一遍又一遍，一遍比一遍激昂，唱得实在太过瘾了，童童自己都被感动了，热泪盈眶！到家前，他听见机器人疲惫的声音："童童，到家了，不要再唱了，不要再轰炸我了。你这种嗓子，以后不要在别人面前唱歌，太折磨人了。"童童拒绝跟机器人说话。只有笨蛋才和机器人说话。

刷脸，门开了。不想见到妈妈。最好妈妈躲进卧室里。偏偏一开门就见到妈妈。一定是墨菲定律作祟，凡是可能出错的事就一定会出错。墨菲定律让妈妈坐在餐桌旁，面向大门，童童躲也躲不过。妈妈做了一桌菜，三菜一汤，等他回来吃饭。妈妈笑脸相迎，和蔼地说："来，童童，吃饭了。"妈妈的热情，让他觉得恶心。童童想说："不！我不要吃你做的饭。"不，他不能说，他不要和机器人说话。只有笨蛋才和机器人说话。

　　童童不能领妈妈的情，他要掀桌子，把桌面掀起来，让饭菜撒落满地，以表达自己的怒火和尊严。他一步一步走向餐桌，没有笑容，脸孔冰凉，比机器人更像机器人。他的两手放在桌边，握紧桌沿。就在这个时候，他犹豫了："要不要使劲把桌面掀起来？为什么要把桌面掀起来？为什么要对机器人动怒？机器人不是人，机器人是机器，没有感情，对机器人动怒不是对牛弹琴吗？机器人做饭给我吃，为什么我不吃？"

　　童童坐校车回来，校车里也有隐形机器人。隐形机器人会开车，会认路，会叫他童童，会跟他说话，会出言不逊，会恶意批评他的嗓子，难道他就因此跟隐形机器人过意不去，不再坐校车？机器人就是为人类服务的，人类没必要跟机器人较劲，也没必要拒绝机器人的服务。机器人的服务，就像椅子是让人坐的，床榻是让人睡的，衣服是让人穿的，理所当然，天经地义，不需要去做太多的诠释和假想。他想太多了。不要想了，坐下来吃吧，趁热吃。

他坐在妈妈对面，不，坐在机器人对面。他要吃，在机器人面前不需要正襟危坐。他要大大方方地吃，当作没有其他人在场，毫无拘束，不顾仪态。本来就没有其他人在场。机器人不是人。这个房子里只有童童一个人。童童一个人孤独地用餐，唯我独尊地用餐。

童童开始大口大口吃饭，放胆地吃，狼吞虎咽，边吃边想："不要害怕坐在你对面的人。她是机器人，没有什么好怕。童童要变得更强大，勇者不惧。我根本不怕你。你不要以为你装成妈妈的样子我就怕你，你只不过是一个机器人。你什么都不是，你还欺负我。你是一个机器人，要我叫你妈妈，分明就是占便宜，分明就是欺负我。你要我听你的话，当你的儿子，就是欺负我。你不让我去做冬眠试验，你凭什么？你只是一个机器人，你凭什么管我？我又不是机器人养的。你把我当作机器人养的，那你可太小觑我了。今天我看穿了你，看清了你的真面目，你骗不了我。你以为我那么好骗？对，我以前天真无邪很好骗，今时不同往日，我已经从地底深处走出来，长出一对火眼金睛。我开窍了，我成熟了，不再屈服于你的面具之下。脱下你虚假的面具吧。机器人就是机器人，别装了，再装就不像了。"

盈盈看着童童吃饭，神色凝重。她察言观色，一早就晓得儿子不对劲。儿子为什么会变成这样？昨天像春天的小鸟，今天就变成冬天的冰柱，连一个过渡期都没有。早上儿子一言不发，不看她一眼，出门前怒气冲冲，她就知道儿子在生气。儿子生她什么气？盈盈回想昨天发生的事情，幡然醒悟。知子莫若母。昨天张姐来了，谈起冬眠试验的事，童童的意愿很强，然而她却一直反对。再清楚不过了，这就是原因。盈盈不允许儿子去当小白鼠，儿子现在跟她赌气，给她脸色看。

　　所以今天盈盈特地做了一桌童童爱吃的菜，等童童回来吃。盈盈放下姿态，不想跟童童冷战。毕竟是自己的儿子，她要缓和气氛，有事好商量，大家坐下来谈谈。没有什么事情不可以谈。母子之间，要坦诚相待。她要对儿子晓以大义，告诉儿子妈妈的苦心。盈盈不是要跟儿子过不去，而是担心这个试验有风险。虽然张姐说不会有生命的危险，但谁知道？以前做试验的人是成年人，现在做试验的人是儿童，不一样啊！盈盈自己也做过很多试验，比如植物的扦插，用青嫩的枝条扦插很容易失败，枝条很快就会枯萎。儿童就像青嫩的枝条，太嫩了，挨不过寒冬。叫儿童去冬眠，不是和嫩枝过冬一样吗？怎么能说没有风险呢？张姐说得轻松，因为童童不是她的儿子。张姐没有当过母亲，不理解母亲的忧心。想到童童可能因此长眠，盈盈就吓得发抖。就算没有生命危险，盈盈也舍不得让儿子去受苦。让孩子忍受冷冻的状态，不难受吗？万一几根脑神经被冻坏了，脑袋变迟钝了，只有当事人知道，体检不一定查得出来。再者，这项冬眠试验不是一天两天的事，要一周、两周，还"以此类推"，如此下去没完没了。孩子几个月不在身边，盈盈怎么过日子？没有当过妈妈的人，不懂妈妈的心。童童太单纯了，只觉得冬眠好玩，盈盈阻止他，他就跟盈盈斗气。他以为他用冷姿态，盈盈就会屈服吗？想到这里，盈盈开始和童童谈心："童童，我知道你在想什么。"

童童听了，内心发笑："哈哈，你这个机器人知道我在想什么？我又不是你的大数据。"童童不想跟机器人说话。跟机器人说话就像跟猪摔跤，只会让猪兴奋，其实很无聊。此时，童童感觉自己吃得有点撑了，却还在继续吃，狼吞虎咽。

"童童，妈妈不是要跟你作对，不让你去参与冬眠试验。妈妈是担心你，怕你有危险。虽然张阿姨说没有危险，但是你们是第一批做试验的儿童。成年人没有危险，儿童不一定就没有危险，你们的身体还不成熟啊！冬眠不是什么好玩的事，等于把你冷冻起来，你不怕冷吗？"

童童不怕，但是童童不要回答，保持面目冷峻。不要跟猪摔跤。

"童童，妈妈也是读生物的，知道在冷冻的环境之下，有些细胞会被冻死。有些细胞死了还可以重生，脑神经细胞死了就死了。要是你的脑神经细胞死了，你可能会变得更傻。你不怕变得更傻吗？"

童童听到"变得更傻"，心里觉得不是滋味。所以，妈妈一直觉得他很傻。对，他很傻才会听信机器人的话。现在机器人又要用话语来蛊惑他，如果他相信机器人的话，才是真的傻。他只相信张阿姨，不相信机器人。张阿姨说没有危险，就没有危险。

"童童，你说说话。不要这样对待妈妈，妈妈觉得很难受。妈妈不是要反对你，妈妈只是担心你。妈妈也舍不得你。如果你离开这里好几个月，妈妈会感到孤单。妈妈爱你，妈妈希望天天看见你。能够看着你健康长大，是妈妈最开心的事……"

童童在心里抗议：虚伪！机器人也会谈爱？太可笑了。童童不管妈妈反对不反对，他要告诉张阿姨，妈妈是机器人，反对无效。不过，张阿姨一定知道妈妈是机器人，只是不敢告诉童童，怕童童受不了这个刺激。张阿姨能够替妈妈治病，机器人需要治疗吗？张阿姨说妈妈有秘密，秘密就是——妈妈不是人，是机器人。童童要跟张阿姨说："我全知道了，不需要再隐瞒我，我妈妈是机器人。"童童也要问张阿姨："我妈妈是机器人，我做试验也需要她的同意吗？"张阿姨一定会这样回答："你妈妈是机器人，你不需要征求她的同意，只要你爸爸同意就行了。"

童童还要问张阿姨："为什么你要放一个机器人在我家？"张阿姨一定会回答："你爸爸要去火星工作，你孤孤单单一个人，放一个机器人在你家，只是让你觉得自己不那么可怜。等你长大了，不需要机器人陪伴了，我就把她带走。"童童会告诉张阿姨："你现在就把她带走吧。我不需要别人陪伴，我可以独立生活。我很勇敢，我一个人也可以过得很好。"童童心里想着自己跟张阿姨的对话，妈妈在前面说的话，他一句都没有听进去。

不管盈盈怎么说，童童还是沉默不语。有一种力量，叫作沉默。这种力量比说什么话都更具攻击性，盈盈就是受不了沉默的攻击，崩溃了，投降了。盈盈捂着脸哭了："童童，你不要再这样好不好？你这样冷酷的样子，我看了，心里很受伤害，你就跟我说说话吧。童童……呜……呜……你想要怎样，你都可以说。我真的服了你。呜……呜……你如果那么渴望参与冬眠试验，不顾后果，我也不想阻止你了，只要你说出来。你说话呀！呜……呜……"

盈盈伤心哭泣，但是她没有眼泪。这是她感到遗憾的。她这副身体，美中不足的，就是没有眼泪。她必须捂着脸，不能让童童发觉她没有眼泪。但她不是假哭，她真的很伤心。

妈妈最后的几句话，童童听见了。机器人哭得他很烦，他必须阻止机器人哭泣。机器人就不应该哭泣，就像椅子不应该用四条腿走路一样。怪里怪气，荒谬！机器人边哭边叫童童说话，童童忍不住冷冷地说："我不要跟机器人说话！"

这句话如五雷轰顶，盈盈愣住了。她不再哭了。原来是这样。原来童童以为她是机器人，才这么对待她。盈盈怔怔地看着童童，连忙否认道："不，我不是机器人，我不是机器人。"

童童有一种揭开别人面具的快感。他看见机器人露了马脚，恐慌了。他胜利了。他乘胜追击："你骗人，你骗人！我知道你是机器人！我有证据！你的椅子就是证据！你告诉我，你卧室里的椅子是做什么用的？证据确凿，你还敢否认？你是机器人，对不对？你是机器人！你是机器人！你是机器人！"最后三句，一句比一句大声，像吹响胜利的号角，像野狼厮杀后的嗥叫！童童打败了机器人，鼓舞了自己，脸涨得通红，心潮澎湃，胜利的兴奋淹没了他的忧伤。

最后那三句话，好像童童抢着一把巨大的铁锤，往盈盈的胸口猛捶了三下。盈盈心痛如绞，彻底溃败。原来童童看见那张椅子了。盈盈顿时明白了。她咬了咬下唇，决定把所有事情都摊开来，讲个清楚明白："那个拿黑布袋的小子告诉你的？他什么时候告诉你的？你昨天遇见他了？那个小子，獐头鼠目，我一看就知道不是好人。我承认，是！那张椅子是充电椅子！是！我需要用充电椅子！是！充电椅子是机器人用的！但是，你只知其一，不知其二。我不是机器人。我有机器人的身体，但我有人类的大脑。我的大脑是有血有肉的。我的大脑是我从出生到现在的同一个大脑。三十六年了。我的大脑三十六岁了。以前到现在，同一个大脑。这个大脑是你妈妈的。你妈妈的思想，你妈妈的记忆，你妈妈的灵魂，都在这个大脑里。我是有灵魂的，机器人没有灵魂。我是有记忆的，机器人没有记忆。我是有感情的，机器人没有感情。我不是机器人。机器人的脑袋装得下《汉语大辞典》，我的脑袋没有那么厉害。机器人会算很复杂的数学题，我没有机器人聪明。我只是一个普普通通的人。我是人。我是你的妈妈。我的名字叫盈盈。你不相信，你问张阿姨。是张阿姨把我的大脑移植到机器人身上的。我不是机器人，你说我是机器人我很难受。如果你说我是半个机器人，我还可以接受……呜……呜……"

童童听得目瞪口呆。其实，在童童内心深处，要说服自己妈妈是机器人也难，要说服自己妈妈不是机器人也难。童童一直生活在矛盾中，心慌意乱，惶恐不安。他需要一个明确的判断。看到充电椅子，他找到证据，铁证如山。他抓住这个证据不放，一口咬定妈妈是机器人，黑就是黑，白就是白，不能再这么不黑不白下去。童童内心知道，说妈妈是机器人，有很多疑点，譬如妈妈有以前的记忆，妈妈有培育雪绒花的经验，妈妈有跳古巴丹松舞的技能，妈妈对植物的热爱，妈妈对爸爸的情意，妈妈喜怒哀乐的表情……这些都不是机器人所能具备的。但他不敢正视这些疑点。他想，或许这就是机器人放的烟幕弹，故意迷惑他。机器人很狡猾！他断定妈妈是机器人，不再受迷惑，不再优柔寡断。为了抵御迷惑，他必须变得强大。他自己装得很强大，好像站在悬崖一角的大猩猩，大声呐喊，吓唬敌人，也给自己壮胆，却不敢看自己的立足之地，怕立足之地不牢靠，站不住脚。现在妈妈说了，她是一个拥有人类大脑的机器人。妈妈的这个说法，几乎完美，无可挑剔，可以解答童童的所有疑虑。童童的内心动摇了，他要回头审视自己的判断，要推翻自己的看法。那只大猩猩摇摇欲坠，站不稳了。童童问自己："妈妈说的是真的吗？还是妈妈在自圆其说？要不要相信妈妈？"

盈盈不管童童要不要听，把她变成半个机器人的原委说出来："我在你三岁的时候，患上绝症，本来我只想留下我的样子陪伴你爸爸，就叫你爸爸去订制一个长得跟我一样的机器人，后来我看见征求试验者的广告，遇见张阿姨，才知道我有延续生命的希望。那是我求之不得的事。横竖我要死了，不如做最后一搏。我成为张阿姨的试验者。她的试验成功了。我不但延续了生命，还留下了记忆、思想和感情。张阿姨因为这个试验，似乎遇上了一些麻烦，害她失去工作，不能再继续做研究。她告诉我，我是她的第一个换脑者，也是最后一个。我觉得今生能遇上她，是我的福气。张阿姨是我的救命恩人。我换了大脑之后，开始时觉得不习惯，手脚不利索，哭了好几天。哭，也没眼泪。我的身体没有以前的肉身好使，触觉不一样了，没有以前那么敏感。我大部分的皮肤没有感觉，不痛不痒。张阿姨告诉我，要让我全身的皮肤都有触觉，是太奢侈的事。她说，我的手指头上面，小小一片皮肤，就需要安装三百多个感受器。我应该知足了。是的，我能够幸存，已经很满足，不应该要求太多。我的嗅觉就特别敏锐，是香是臭，榴梿、蒜头，远远都能分辨。太敏锐的嗅觉，反而是一种困扰。我的眼睛更好，远远近近，看得很清楚，但是每一个细节都太过清晰，反而不习惯，觉得世界不真实。我的眼睛可以灵活调整焦距，可以看得很远，简直像望远镜。你在白天看不见星星，我却看得见。我的眼睛就像手机的镜头，能把星星拉近。我说我能看见火星，是说真话。我是地球上唯一望得见火星的人。我好不容易习惯了自己的身体，想到外面走动走动，想跟其他人一样，自由自在地生活。可我又怕人家指指点点，所以一直不敢踏出家门。没有想到，多年以后，在我自己家里，我自己的亲生儿子，对我说出'你是机器人'这句话……"说到伤心处，盈盈不禁哽咽，说不下去。

童童感到惭愧，后悔对妈妈说出那些话。他被妈妈说服了，相信妈妈是有人脑的机器人，不过，自己刚才冲动过头，把话说得太满，一时很难转圜，不知道该怎么办。这是他第一次跟妈妈翻脸，就把妈妈惹得伤心欲绝。他从来没有这样大声叱喝过妈妈，这样大逆不道。他也没有看过妈妈这样愤怒，这样沮丧。妈妈这次受了太大的刺激，像火山爆发，天崩地裂。妈妈重复那句"你是机器人"时，怒不可遏，义愤填膺，小小的眼睛瞪得好像杏子，把童童吓呆了。童童的头脑陷入一片空白，耳朵里嗡嗡响，不知道该做什么。童童不敢再说话，他的大脑似乎停止了运转，此时此刻，他不知道该说什么，生怕不小心又说错话。他呆若木鸡，没有表情，连哭都哭不出来。他被掏空了，一动不动，只有两条腿不断发抖，心里念着："惨了！惨了！完蛋了！我完蛋了！"

盈盈等待童童说话，童童却没有说话。空气凝结了，世界静止了。童童还是一句话都不说。童童没有说对不起，没有说他错了。所以，童童还坚持他是对的？童童还是不把妈妈当作妈妈？盈盈以为，童童就是瞧不起她这个机器人，不愿意跟她说话。盈盈叹了一口气，不敢再看童童，蔫头蔫脑地说："我的儿子说我什么，都不要紧。算了，我也不是一个好妈妈，对你不够关爱体贴。我对不起你。我不敢接近你，怕你发现真相，嫌弃我，逃避我。我决定跟你保持距离。保持距离，好过让你逃得更远。为了保持距离，我只能对你不冷不热。你没有感受到母爱的温暖，是我对不起你。这就是我要说的。童童，对不起。我已经把所有秘密都告诉你了。你相信也好，不相信也好，我无话可说了。你认为我是机器人，没有资格管你，你要做什么就做什么，你要去参加冬眠试验，就去报名，不必管我。"盈盈说到最后，含怨离开，快步走向卧室，把自己关在里面。

童童坐在餐桌旁发愣，好像一尊石像，一动也不动。

第十章

航天飞船里
吃山东大饼

航天飞船的座舱不大，像一个狭长的小房间，设有六张椅子，一边三张，两两面对面。椅子分六种颜色：橙、黄、绿、蓝、紫、白。椅子靠着舱壁，椅子与椅子之间挂着密密麻麻的袋子，袋子里面都是食物，袋子上也贴有彩色标签。王建国的电子机票是蓝色的，他就坐在蓝色的椅子上，椅子旁边贴着蓝色贴纸的食物都是为他准备的。墙壁上挂着的用具，如勺子、剪刀、湿纸巾等，都有颜色标志。标明颜色的用意，是避免乘客拿错。两张椅子中间的东西属于谁，一清二楚。你的是你的，我的是我的。另外，每个乘客还有一个小柜子，可以收纳私人物品。柜子上面有一台供水机，蓝色水管供热水，白色水管供冷水。

这里不用红色，因为红色通常用来代表危险。供水机上面还有一台食物加热器，它像烘面包机，把食物袋子塞入即可加热。

六张椅子上，坐了六个人，都系上了安全带。不系安全带，人就坐不住，会在空中乱飘。座舱里是失重环境，刚开始进入失重状态时，王建国很不适应，没有脚踏实地的感觉，屁股也没有坐在椅子上，总是觉得不踏实。几天过后，他觉得这种不踏实的感觉也很美好。六个人当中，有一个比较年轻的，二十来岁，是机器人专家，他每天都要解开安全带，表演一次三连空翻，就是在空中连续翻转三次。他以为自己是齐天大圣。王建国并不欣赏他的表演，却觉得他像赤脚大仙，因为每次空翻都很惊险，有两次还差点踢到王建国的鼻子。

王建国准备吃午餐。他选了山东大饼夹鱼香肉丝。袋里的鱼香肉丝是脱水的，王建国先注入水，再把两种食物加热，然后把袋里的鱼香肉丝像挤牙膏一样挤在山东大饼上。大饼折一折，可以上桌了。不过，这里没有餐桌，食物要悬在空中吃。王建国把山东大饼悬在面前，它不会掉下来，停在半空中。虽然没有桌子，却像有一张隐形桌子撑住大饼。王建国垂下双手，张开嘴巴，这时，他看见对面的大姐，便停下来邀请道："大姐，吃饼。"

对面的大姐就是那个患病的植物学家。她脸色苍白，虚弱地说："你吃，我不饿。"

"大姐，生病也要吃呀！不吃怎么行？"

大姐答非所问："生病吃药，吃药就行。你趁热吃，我没胃口。"

王建国就在大姐面前表演"饭来张口"，但在大姐面前，又不好意思把嘴巴张得太大，结果一个不小心，嘴唇碰到山东大饼，山东大饼就向大姐飞去。

"我不吃，你不用给我。"大姐用一根手指把大饼弹回来。

坐在隔壁的"赤脚大仙"看到王建国出丑，哈哈大笑。

大姐的手机"嘟嘟"响起，大姐一看，自言自语："哦，要吃42号药。"她从柜子里拉出一个药箱子，里面有9乘12个格子，装了108种药。大姐抽出42号药罐，打开盖子，手一哆嗦，红色的药丸满天飞。

大姐叫一声："天哪！"

此时，舱顶已经飘下了一个"飞天"，拿着一个网兜，身手矫捷，揽住所有药丸。这个飞天不大，约二十厘米，是座舱里的AI空乘员。看她的模样，就知道是按莫高窟飞天的风格设计的，有气质，有文化，想必会弹会唱。她也真的会弹会唱，你无聊的时候可以跟她点歌，让她唱一曲《弯弯的月亮》，或者用琵琶弹一阕《阳关三叠》。现在她飘到大姐身边，替大姐把药丸装入罐子。

大姐拿了一颗药丸，放入嘴里。飞天替她挤出一颗水球。水球漂浮在大姐面前，大姐张开嘴巴，把水球含入口里，把药吞进肚子。飞天帮她把药罐子收好，再把药箱子收入柜子，温柔地建议："大姐，您要吃药就喊我好了，让我为你服务。"

大姐说："谢谢你，小仙女。"

赤脚大仙问："大姐，您需要吃一百多种药吗？"

大姐说："没有那么多，来来去去还不是那几种，42、38、56……还有95。"

赤脚大仙问："为什么要带那么多种药来？"

大姐指着坐在角落的医生："你问她，她比较清楚。"

医生说："大姐身体里面有一个纳米诊断器，小名叫探子。探子像侦察机一样，在血液里游动，检测身体的每一个部位。如果诊断出大姐哪里不妥，需要吃什么药，它就会通过手机发出信息，叫大姐吃药。108种药是探子可能用到的药，而不是大姐必须吃的药。"

王建国吃着大饼，好像上了一课。

医生说："大姐，您没有胃口，也要吃一点。我这里有粥，您要吃粥吗？"

大姐说："我也有粥啊，各种各样的粥。好吧，我就吃一个花生粥。"

飞天帮大姐把花生粥弄热，待在她身边喂她吃粥。

大姐盯着王建国说："我听市长说，要让你的妻子来顶我的空缺。"

王建国听了，差点噎着。原来市长跟大姐说了。而大姐在大家面前说出来，让王建国觉得很尴尬。王建国连忙说："哎，八字还没一撇呢。"

大姐眼珠一转，打起精神："市长说了，她可是这个项目的不二人选呢。"

王建国说："问题是，我家里还有一个儿子，九岁。总不能丢下他一个人吧？"

大姐说："九岁，应该学习独立了，送他去寄宿学校磨炼磨炼。孩子不能太宠。"

王建国说："我就是放不下。心头一块肉啊！别人的孩子送去寄宿学校，发生什么问题，家长马上可以去解决。我们要回去一趟，还得等二十六个月，情况不一样。"

大姐说："说得也是。你看这样如何，如果有需要，我帮你照顾儿子。真的，我家方便，住在校园里，我的儿子媳妇没有孩子。你们夫妻为国家奉献，你的儿子交给我。小王，我是认真的，你可以考虑考虑，让我为你们分担一点责任。"

"谢谢大姐。但是，我们现在还是没有办法做决定。我的爱人，也不知道愿意不愿意离开儿子。"王建国吃饱了，取了一块压缩成饼干大小的湿纸巾，脱去包装纸，抹抹嘴巴，把手擦干净，再把包装纸塞入一个垃圾处理器。

大姐吃了一口粥，说："她必须去，她是一个人才。"

王建国说："我的爱人学历不高，像她这种程度的，有千千万万人，不差她一个。"

大姐浅浅一笑，说："就差她一个。我也期盼她去。我没有解决培育苗木的问题，我相信别人去也没有办法，但是我对你的夫人有信心。"

王建国问："你认识她?"

大姐说："我不认识她。市长跟我提起的时候，我听到她只有学士学位，不以为然。市长又说，她曾经培育过雪绒花，我就知道是谁了。当年大名鼎鼎的'雪绒花'，我们植物学界的人谁不晓得？不瞒你说，当年听到她成功的消息，我也培育起了雪绒花。我搞了两年时间，还是一败涂地。我当时还是一名教授呢。后来我招揽人才，想招她进研究所，却听说她结婚了。因为你，人家的美好前途戛然而止了。现在老天再给她一次机会，让她去火星表现表现，你不好再阻挠了。我的事，交给她了。她的事，交给我。你们的孩子，需要帮什么忙，我两肋插刀，帮忙帮到底。"

王建国感动地说："谢谢你，大姐。我回去好好跟我爱人商量。"

大姐吃好粥，累了，想要休息。飞天帮她打开卧舱，卧舱是一个圆洞，就在大家的头顶上。大姐解开安全带，扶着椅子站直，腿轻轻一蹬，整个人就直直升起，钻入那个圆洞。圆洞不大，洞口比肩膀稍微宽一些，门是左右滑动的。飞天帮她拉上洞口的圆门。大姐就这么竖着睡。在航天飞船里，没有横竖这回事。横也是竖，竖也是横。即使横着睡，也没有压着背后的感觉，背后空荡荡。开始几晚王建国睡得不好，后来习惯了，觉得空荡荡、轻飘飘也挺舒服的。大姐是直升上去睡的。王建国喜欢反过来，翻一个跟斗上去，脚先进卧舱，头保持在门边。这样外面有什么动静，还可以伸出头来看看。如果不想钻进洞里睡，也可以把椅子调整成一张竖立的床，系上安全带，立正睡觉。只不过，外面太亮，躲进圆洞卧舱里，只为了寻找那片黑暗。

　　大姐睡觉后，座舱安静下来。说安静也不安静，机器一直嘎嘎响着，好像有一个大风扇不停地转着。大家沉默了一会儿，角落里的两人开始说话。一个是营养师，一个是化学家。营养师问化学家他的柜子里面是什么东西。化学家说是一个好朋友。营养师问，是不是地质学家。化学家回答是。那是一个骨灰盒，化学家要把好朋友送回地球老家。

　　王建国听了有点伤感。他一直说他们的团队有七十二人，并不完全正确。去年有一个遇难了，只剩下七十一人。遇难的是一个地质学家。他带了八个机器人，进入隧道勘测土地，一时忘了时间，回来晚了，冻死在途中。这也是他的疏忽，他以为隧道在火星城底下，有足够的气压，不需要穿太空衣，但是他忘了火星的温差大，那天白天的气温是20摄氏度，晚上降到了零下150摄氏度，隧道里虽然不比地表冷，却也能把人冻坏。而八个机器人，毫发无损。

在环境恶劣的地方，人类很脆弱，机器人更坚韧。这就是为什么盈盈在这里会比一般植物学家强。她不怕辐射，不怕毒气，不怕热，不怕冷，不怕渴，不怕饿，不需要氧气，不会排出二氧化碳，不会产生代谢物。在火星上，氧气稀少，食物异常珍贵，水源也不易得。盈盈不需要呼吸，不需要食物，不需要饮水。火星多了这个人的头脑，却不需为她提供饮食和氧气。对市长来说，她当然是不二人选。对王建国来说，这事还须慎重考虑。

然而，机器人也有被摧毁的时候，譬如遇上火灾、地震、塌方、洪水、爆炸等。王建国想，机器人"死了"，并不会受到重视。机器人的零件会被拆散，其余的熔化后再使用，完全消失。机器人没有生，所以没有死。可是盈盈怎么办？如果盈盈死了呢？他能不能捧着盈盈的骨灰盒？没有骨，哪来灰？连一个"灰飞烟灭"都没有。但是盈盈不是普通的机器人啊！她有灵魂，有记忆，有创意，有感情。世界怎么对她那么不公平？

　　想到这里，王建国想通了。要不要让盈盈去火星工作，他心里有了一个决定。世界不能够对盈盈这么不公平。王建国决定，让盈盈自己做决定。他知道，盈盈一定会反过来问他，要他做决定。他的决定就是坚决不做决定，一定要盈盈自己问自己，她想不想去火星。王建国决定不给盈盈意见，不左右她的思想。他要盈盈做一个完整的人，有主宰自己命运的权利。是的，盈盈不是一个机器人，她有灵魂，有记忆，有创意，有感情。她的灵魂会指引她往哪里走，她不应该让王建国牵着走。王建国暂不考虑童童的事，先让盈盈做决定。童童的事，该怎么安排就怎么安排。地球上有那么多热心的朋友，像张乐，像大姐，她们都愿意代劳，王建国还担心什么？他忽然放下心头大石，全身轻松起来，于是戴上耳塞，解开安全带，腿一蹬，打一个后空翻，用脚勾开卧舱的门，钻入圆洞里准备好好睡个觉。这些日子，他都睡得不安稳，脑袋里如万马奔腾，矛盾的观点激烈交锋。现在，这些困扰终于偃旗息鼓了。他顿时觉得大地广袤无际，天空豁然开朗，好梦如朵朵云彩，绵绵不绝。

第十一章
说一声"对不起"很难吗

　　盈盈昨晚睡得不好。童童对她说的那句话反复在她耳边响起。"你是机器人！你是机器人！你是机器人！"童童一连说了三遍。盈盈一想起童童，就想起这三句话："你是机器人！你是机器人！你是机器人！"

　　一般的机器人，不需要睡觉，不会做梦。盈盈不是一般的机器人，她的电子脑复制了人脑一百亿个神经元和一千兆个突触连接，保留了人脑的神经系统结构。人脑里像藏着一个时钟，有定期的作息时间，天黑了让人躺下休息，四肢暂停活动，头脑梳理记忆，偶尔让人发一个美梦，天亮才解开四肢的封锁……这些都深深刻进了人类的基因，像编程一样安排好了。这一系列程序，由一套系统自动执行。这套系统藏在盈盈的大脑里，然后被复制在盈盈的电子脑里，所以盈盈现在也会睡觉，也会做梦，但她睡得不深，她的梦境凌乱松散。昨晚的梦境中，时不时出现童童暴怒的样子，不然就是冷冰冰的面孔和带着怨气的眼神，把她吓坏了。盈盈没有想到，自己最害怕的人，竟是自己的亲生儿子。

窗外出现又圆又大的太阳，像一颗大橘子。早晨的太阳很好看，因为空气污染，它不会太扎眼。阳光照在童童的床上，光线把童童的脸映红了。其实，此刻他的脸色应该是青的。

他早上起来，心有余悸，怕妈妈不睬他，像以前那样不冷不热。妈妈说她是机器人，没有资格管他，不管他了。妈妈真的不管他了吗？他不要，他不要妈妈这个样子。他多么希望妈妈回到跳古巴丹松舞的样子。可是妈妈是机器人啊！妈妈说她有人脑，有人脑就够了。童童不介意妈妈是有人脑的机器人。有人脑就会有感情，有感情就会生气。妈妈昨天很生气，不知道今天气消了没。

童童起身洗漱，没有听见妈妈的声音。他换了衣服，把睡衣裤挂在明亮处。衣服是用免洗布做的。沾在衣服上的污迹，遇光将自动分解。只要把衣服晾一晾，半天后就干净如洗。他换上的校服也一样，昨天晾在窗边，今天味道清新。他打开卧室的门，没有看见妈妈。做早饭，吃早餐，童童心不在焉。他想等妈妈出来，可妈妈偏不出来，躲在卧室里面。就像以前的寒冰期，妈妈偶尔出来栽种植物，大多数时间都躲在卧室里不出来。

要不要去妈妈的门外，跟妈妈道歉？没有用的，童童回想起妈妈的铁石心肠。他太了解妈妈了，自己曾经在她卧室外大哭，妈妈就是保持沉默，没有说话，也不肯开门。妈妈的冷处理，童童领教过了。如果现在去喊几声，妈妈又没有回应的话，童童觉得这种碰钉子的感受更令人难受。童童想等妈妈出来，观察妈妈的脸色，了解妈妈的心情。如果看起来风平浪静，他就跟妈妈道歉。如果看起来风和日丽，他就跟妈妈多说几句，重修旧好；如果看起来冰天雪地，童童还是会露出笑脸，对妈妈表示善意。妈妈骂他几句，骂什么都好，他马上跟妈妈道歉，说对不起。

可时间不允许童童等下去，校车就快来到。童童吃了早餐，开门上学去。放学回来再说吧。也许放学回来就风平浪静、风和日丽了。

盈盈在卧室里面听着童童的动静。她的听觉很好，听得很清晰。童童走路的声音、打开冰箱的声音、倒牛奶的声音、烘面包的声音、拉椅子坐在桌边的声音、刀叉触碰瓷盘的声音……盈盈听在耳里，想象得到那些画面。盈盈唯一想象不到的，就是童童的脸色。她猜不到童童的心情。不知道童童在想什么。因为她是机器人，童童对她不理不睬，不跟她说话。她向童童解释了那么多，童童还不能体谅她吗？盈盈回想，她向童童解释了什么。她坦然承认了自己就是机器人。而童童不能接受的，就是机器人。

　　这天早上，盈盈不敢踏出卧室，担心出去之后，看到的是那张拒人于千里之外的面孔。被最亲爱的儿子拒绝，就像自己的心肝瞬间冰冻，脱离身体而去。没有了心肝，要怎么活下去？盈盈早就知道会这样，所以她不敢说出自己的秘密。但她想不到会这么痛。她不知道童童现在还痛不痛。如果童童不痛了，应该会走过来，跟她说一声"对不起"。说一声"对不起"那么难吗？为什么你还不走过来？盈盈敏锐的听力，听见童童拉开椅子，童童起身了，童童吃饱了，把餐具放进洗碗机里，然后走到桌边，拿起自己的书包，快步奔向大门，开门出去，"嘭"的一声关上门。那"嘭"的一声，好像一拳打在盈盈的脸上，打得她晕头转向、眼冒金星。

　　校车一路摇晃，童童睡睡醒醒。快到学校时，手机叮一声，张阿姨给他发了一条信息："童童，由于情况紧急，其他志愿者已经开始训练。你若想参与冬眠试验，就必须在今天下午到大学的健康中心进行体检。如果你同意，我放学后派车来接你。至于你妈妈那边，我会跟她解释。请回复。"

　　童童带着这个消息下车，奔进教室，展示给子轩和浩宇看。子轩说他也想去做体检。他已经征得爸爸的同意。爸爸失业，家庭经济困难，如果国家愿意栽培子轩，他鼓励子轩申请。童童问浩宇的情况，浩宇压根儿没有跟爸爸提起这件事，他忘光了。浩宇听见童童和子轩都要去，他也想去。他说，他可以先斩后奏，体检过后才问爸爸。童童回复张阿姨，说明这里的情况，张阿姨答应让他们三人一起去做体检。

放学后，大学健康中心的专车来接他们。这辆专车的外形奇特，好像一颗子弹。浩宇见多识广，说他们应该会经过地下真空隧道。这款车型专门为真空隧道而设计。浩宇说得没错，大学校园在山的另一边。如果环绕山路，需要一两个小时。他们穿过真空隧道，十五分钟就能从山的另一头出去。这十五分钟的路程紧张刺激，他们大喊大叫，觉得自己像在航天飞船里面。浩宇还说，即使没有被录取，能坐这一趟车，也值得了。

到了大学的健康中心，张阿姨已经在大厅等候。

童童奔向张阿姨，问她："阿姨，您通知我妈妈了吗？"

张阿姨说："我通知了。你妈妈不反对，她说，只要童童高兴就好。"

张阿姨把AI护士叫过来，带他们三人去做检测。

AI护士让他们先刷脸、刷手掌，记录身份，再带领他们穿过一道长廊，进入一间房，里面准备了三张床，床上有五厘米厚的褥子。他们躺上去后，褥子自动卷起来，把他们从头到脚都包裹在内。他们动弹不得，但是很舒服。一分钟后，褥子自动解开。AI护士说可以了，叫他们下床。浩宇说，还想多躺一会儿。AI护士表示没有时间了，催着他们来到一间健身房内。

　　AI护士从壁橱里拿出三个比乒乓球还小的小球，然后把小球一一压在他们的左手背上。童童感到刺痛，像被蚊虫叮咬。护士叫他们不要把小球拔出来，让小球紧贴在手背上。健身房里有一列跑步机，他们各选一台，戴上VR眼镜。

　　童童看见自己正在草原上，前面有一只可爱的小绵羊向他招手。他开始追着小绵羊跑。草原高低起伏，他跑得很辛苦。好几次他差点抓到小绵羊，却都被它逃脱了。跑步结束，他们脱下VR眼镜，个个气喘吁吁。AI护士从他们的手背拔出小球，把三个小球塞入机器，说："好了。跟我走吧。我们去外面大厅等成绩。"

　　他们跟在AI护士身后走。童童问浩宇："你追到小绵羊了吗？"

　　浩宇说："没有啊！我没有看见小绵羊，我在草原被一只狮子追。"

　　子轩问AI护士："那颗小球是做什么用的？"

　　AI护士解释："小球里面有一个纳米体检器，它会进入你们的身体，检查每一个器官，记录你们的血液成分，还有每一个器官的健康状况。检查完毕，它会自动回到小球里面。现在它正给教练做报告，等我们走到大厅，教练应该读完报告了。"

他们跟 AI 护士走到大厅，张阿姨和一个高大的叔叔在那里等待。那个叔叔长一张马脸，脸色红润，肌肉结实。张阿姨介绍，他是训练营的教练。如果童童他们被录取了，就必须接受训练。

教练跟他们一一握手，然后给他们做报告："你们三个人，唉，都不算达标。其中两个勉强还可以训练。如果训练三个星期后能够达标，才有机会参加试验。另一个我无法接受，我没有办法在短期内让他达标，他的视力不合格，脂肪也太多。"

浩宇低下头，腼腆一笑，说："我知道，是我。"

教练说："等一下我叫专车送你回家。谢谢你过来。"

张阿姨插嘴："教练，他们两个呢？今天不能回家？"

教练说："恐怕没有时间了。让他们住在这里，明天就开始训练。"

"好吧。"张阿姨拿起手机，走到角落去打电话。

教练转头对童童和子轩说："除了上课、吃饭、睡觉、洗澡和上厕所，每一分钟你们都要接受训练，不然来不及了。子轩太瘦了，必须增加营养。童童肌肉松弛，一定是平时缺乏运动。三个星期内，要把肌肉锻炼出来，非常不容易。首先，我想问你们两个，愿意不愿意接受训练？愿意的话，打电话联络家人，告诉家人你从今天开始就住在这里，三个星期内，不准离开这里一步。"

"是！教练！"子轩立正说完，即刻拨电话给他爸爸。

童童等张阿姨帮他打电话。这样也好，妈妈还跟他冷战，他不知道如何面对妈妈。

"太好了！"子轩打完电话，挥臂跳起来。那种兴奋的神情，一定是他爸爸答应了。

童童望着张阿姨，听不见她在说什么。张阿姨神情凝重，童童感觉不妙。张阿姨偶尔望过来一下，但没有笑容。童童想，如果妈妈不让他参与冬眠试验，他要跟妈妈冷战到底，不会给妈妈好脸色看。

张阿姨终于放下电话，向童童走来。

童童急忙奔过去问："我妈妈答应了吗？"

"童童，你妈妈答应了。童童，刚才我跟教练谈过，他们这里已经有十个男生，不过里面好多个也还没有达标。收了你们两个，一共十二个。真正能参与试验的，只有十个。也就是说，有两个会被淘汰。教练跟我保证，他会公平、公正的，最后十个身体条件最好的才进行冬眠。童童，你要想清楚，在这里训练，不是玩乐，是吃苦。你要放弃的话，现在还来得及。你要回家，还是留在这里？"

"我要留在这里。"童童说。

张阿姨说:"很好。那么,你安心留在这里训练,心里不要有什么牵挂。我会照顾你妈妈,你放心好了。我还有其他事情要忙,要先离开了。你们三个星期的训练,我都不能在场。你有什么问题,一定要联络我。好不好?"

童童点头。张阿姨拍拍童童的肩膀,走过去向教练道别。

张阿姨离开后,教练安排专车送浩宇回家。

那辆无人驾驶的子弹型专车,从转角缓缓驶过来。

童童怯怯地向教练提出要求:"教练,我可以回家一趟吗?我想回去拿东西。"

教练说:"你不需要回家拿东西,这里会提供你所有必需品,包括衣服、鞋子等等。"

童童说:"我有很特别的东西要拿。"

教练问:"很重要吗?"

童童说:"很重要。"

教练问:"你住在哪里?"

童童告诉教练他家的住址,教练计算时间,然后说:"你回家拿了东西,马上下来。待在家不得超过十分钟。晚餐时间之前,你必须赶回来。还有,下不为例。明天开始,你的每一分钟都是我的,不准回家,提都不准提。好不好?"

童童立正："好！教练！"

童童和浩宇一起坐进专车。

浩宇说："吓死我了。幸亏我没有中选。我一定吃不了那种苦。童童，我同情你，也同情子轩。你们两个可怜虫，好好留在这里训练。哈哈哈哈哈……"

专车穿过地下真空隧道，浩宇再一次大呼小叫，乐坏了。浩宇先到家。下车前，他双手握住童童的手，用幸灾乐祸的表情跟他说："可怜的孩子，你要多多保重。要听教练的话，要乖乖的啊！你的每分钟都不是你的。哈哈哈……"

童童跟浩宇微笑，没有说什么。他觉得，浩宇假装开心，只是为了掩饰他被淘汰的失望。专车里也隐藏着一个机器人，童童下车时，隐形机器人说："童童，我只给你十分钟。十分钟后你不下来，我就走了。"

童童快速下车，奔向电梯口。电梯姗姗来迟。童童心急，爬楼梯噔噔噔跑上去。刷了脸，进家门。打开门，却没有见到妈妈，童童的脑袋被抽空了，忽然不知该怎么办。他鼓起勇气，瞒骗教练说有东西要拿，其实，只是想回家跟妈妈说声对不起。

不说对不起，他心不安。张阿姨叫他不必牵挂，他想放下心中的一切，却发觉有一样放不下，那就是欠妈妈一个道歉。这个道歉他必须亲自跟妈妈说。说了对不起，他才能安心锻炼身体。

妈妈足不出户，一定是在卧室里面。童童来到卧室门口，轻轻敲门，大声喊道："妈妈!"

妈妈没有开门，也没有回应。妈妈的性格就是这样。这证明什么？证明她还在生气。

童童没有时间等待，不打腹稿，隔着门大声说："妈妈! 我知道您还在生气。我也知道您为什么生气。您说，您最讨厌人家叫您机器人，而我偏偏叫您机器人，还一连叫了好几次。现在我跟您道歉，妈妈，对不起! 妈妈，其实，您说，您怕我发现您是机器人，所以您跟我保持距离，不敢靠近我。您怕我太热情，所以对我不冷不热。我很感激您这么坦诚地告诉我。这就是困扰了我很久的事。这两年来，我一直觉得您对我冷淡，会不会是我哪里做错了？会不会是我哪里做得不好？您这么告诉我，解答了我心底的疑惑，我也不会再那么困扰。当我知道不是我的错时，就不会一直责怪自己，这样我心里会比较好过。谢谢您告诉我您的秘密。我知道这很难。我自己有一些坏习惯，我都不敢告诉别人，哪怕是最好的朋友。我知道，要承认自己的弱点很难，尤其是自己觉得羞耻的事情。妈妈，我想告诉您，我不会那么排斥机器人。我之所以不想机器人当我的妈妈，是因为我知道机器人没有感情，不会给我母爱，所有好听的话都是设计出来的，没有一句是真的。但是，妈妈，您不一样，您虽然有机器人的身体，但是您有人类的大脑。您有感情，我相信您的母爱是真的，我相信您说的话是发自内心的。我相信您，妈妈。我不介意妈妈拥有机器人的身体，我需要的是妈妈的爱。妈妈，对不起。妈妈，我爱您。"

童童一开口就说了一大串。忽然，他想起时间不多，担心专车走了，说到这里觉得够了，就马上转身离开。还没有走到大门口，他感觉一阵热气扑面而来。原来，有一扇窗户开着，一定是妈妈为了晒植物打开窗户，却忘了关上。童童快步走过去关窗，外面窗台上果然有一小盆仙人掌。

童童开门要下去，想起自己跟教练说要回家拿重要的东西，总不能空手而归，于是赶快拿了一点东西，也不等电梯，就从楼梯跑下去。还好，门口的专车还没走。

他上了车，车里的隐形机器人说："童童，幸亏你及时赶到，要不然就会给大雨淋成落汤鸡了。"

童童本来不想跟机器人说话，但现在自己妈妈也是机器人，爱屋及乌，就说："我才不相信，天气那么热，怎么可能下大雨。"已经有半年没有下过一滴雨了，童童觉得机器人根本在胡扯。

机器人说："你等着瞧！"

专车通过地下真空隧道之后，再出地面，果然见到倾盆大雨。这雨还带着冰雹，乒乒乓乓打在车上。窗外一片白茫茫，什么都看不见。

童童喊道："看不见路了，你怎么开车?"只听隐形机器人自信地回答："别担心，我们这种高规格的，不是用眼睛看路的。"

第十二章
妈妈的心
刻在米邦塔

　　早上，盈盈躺在床上，用听觉来判断童童在做什么，然后期盼童童过来跟她说"对不起"。结果希望落空，童童关门的声音像一拳打在她脸上，打得她头晕眼花，过了好久才缓过神来。

　　儿子令她太失望了，她要去看看自己栽种的植物，植物是她心灵的寄托。她喜欢多肉植物，虽然长得不大，但可以细看，赏心悦目。有一个小盆，里面种了两棵仙人掌，是前天盈盈随手插上的，今天看来特别有意思。一棵大，一棵小，看起来像母子俩。

　　这种仙人掌叫作米邦塔，没有刺，肉质茎的形状像平扁的兔耳朵。那棵大的有三片肉质茎，看起来像长着大耳朵的米老鼠；那棵小的只有一片肉质茎，顶端长着一条辫子形状的嫩芽，好像绑辫子的娃娃脸。在盈盈眼里，它们就是母子，妈妈像盈盈，儿子像童童。盈盈的心，童童看不见。盈盈要把她的心画出来。她以前最讨厌别人用刀子在仙人掌上刻字，现在她却拿起刀子，在那棵像妈妈的仙人掌上刻了一个心形。刻完之后，她觉得很满意，让它们去晒晒太阳吧。母子一起晒太阳，是多么温馨的情景。她打开窗户，把这对"母子"放在窗台上。

这个时候，电话铃声响了。盈盈奔进卧室拿手机，接到张姐的电话："盈盈，今天放学后，我想带童童去大学健康中心。童童想参与冬眠试验，今天必须先去做体检。我已经问过童童了，他很想去。盈盈，你有意见吗？如果你反对，我就不让他去。"

"我不会反对。我哪里敢反对?"盈盈说得酸溜溜。

张姐说："盈盈，你有什么想法，尽管说。"

盈盈说："我的想法是，只要童童高兴就好。"

张姐说："好吧。我明白了。"

盈盈说："张姐，等一下，童童什么时候回来吃饭?"

张姐说："我还不知道。等他体检过后，回家之前，我再通知你。"

盈盈说："好的，谢谢张姐。"

盈盈决定等童童回家时，给童童做一桌饭。不管童童对她多么不满，昨天还是吃了她做的饭。今天她要像昨天那样，坐在童童面前，跟童童说话。但是她今天要控制情绪，要心平气和，好好跟童童说话。

说什么呢？说什么都可以。盈盈不想先设计对白，理想跟现实差距太大，可能会令人更失望。说什么呢？说心里话，但不要带着情绪。说一说未来，童童到底想怎样。一切以童童为重。童童想怎样，她就配合。

盈盈忽然想通了，心胸开阔了。即使童童把她当作机器人，当作一个 AI 保姆，她也不在乎。童童说她是机器人，没有羞辱她的意思，只是说出他看到的事实。眼见为实，铁证如山。童童只是把事实说出来，盈盈没有必要反应那么大。盈盈必须接受事实，自己就是一个机器人，一个有人类头脑的机器人。这是事实，童童要不要接受她这个妈妈，要看童童自己的意思。盈盈觉得自己应该知足了，要不是她有这副机器人身躯，她不可能活到现在，早在六年前就死了。现在她能守在童童身边，给他做饭，听他说话，看着他长大，更应该感到满足。如果等一下童童吃饭的时候愿意跟她说话，盈盈就已经感到很满足了。童童要说什么都可以。盈盈会保持冷静，不会乱发脾气。她已经做了最坏的打算，最坏的打算就是做童童的 AI 保姆，在家里照顾童童。如果童童一天不说话，盈盈还可以等。磨合需要时间。一天两天等下去，只要盈盈有耐心，相信童童一定会跟她说话。一定会有那么一天，守得云开见日明。盈盈感到乐观，决定今天好好给童童做顿饭。

这样想清楚后，盈盈宽心多了。她找了一些事情做，把时间和精力专注在植物上。她整理植物，一棵又一棵，时间很快就过去了。她走到哪里，都把手机带在身边。等了老半天，终于接到张姐的电话。

盈盈高兴地问："童童要回来了吗？"

张姐没有直接回答，而是说："盈盈，童童刚刚做了体检。教练看了体检报告，说童童的肌肉指数还不达标。"

盈盈更加开心："所以，童童不能参与冬眠试验了？"

张姐又没有回答，只是说："教练说，肌肉指数不达标，还可以通过训练来提高。但是，时间紧迫，还有三个星期就要进行冬眠试验。要用三个星期时间来训练肌肉，难度很高……"

盈盈没等张姐说完，就迫不及待地打断她："那到底要怎样呢？"

张姐不疾不徐地说："教练说，他可以尝试一下，但需要童童配合，也就是从今天开始，童童必须住在宿舍，不能够离开。所以，我现在想问你，你允许童童在宿舍里住三个星期吗？"

"呃……呃……"盈盈沉吟了很久，反问，"童童在那里开心吗？"

　　"童童在这里很开心，他有一个叫子轩的好朋友会和他一起体检。我刚刚看到子轩在振臂欢呼，相信他爸爸已经答应让他住在宿舍了。童童住在宿舍里，有子轩做伴，不会寂寞。"

　　"宿舍的条件怎样?"

　　"这里是大学，学生住宿的条件比普通学校宿舍好太多了。童童住在这里，有营养师照顾，食物特别为他订制。而且食物不是烹饪机煮的，有厨师专门为他们做饭，味道肯定比烹饪机来得好。"

　　"他们就不去学校上课了?"

　　"大学里面有附属学校，附属学校的老师会给他们上课。他们每天会有固定的上课时间，会有充足的睡眠时间，其他时间都用来锻炼身体。三个星期后，我敢跟你保证，童童会变得更加健康。"

　　"张姐，您说得这么好，我还有理由反对吗?"

　　"盈盈，你答应了?"

　　"只要童童好，我都会答应。我答应了。"

　　"盈盈，谢谢你的信任。"

　　"张姐，帮我照顾孩子。"

　　"一定的。"

　　接了这个电话，盈盈感到失落。心中想好的菜色，都不能准备了。童童不需要她了。童童有厨师，能够做出更好的菜肴。这两年来，童童也真可怜，只能吃烹饪机做的菜。他一定很想念他奶奶为他做的饭。用锅炒做出来的菜，就是特别香。只要童童好，就好了。盈盈是童童的妈妈，不是童童的绊脚石。现在，盈盈不需要做饭，也没有心情整理植物了。回卧室躺着的话，会徒增烦恼。能够去哪里呢？去空中花园吧。现在她不怕被人发现她是机器人了。发现又怎样？反正童童都知道了，她还怕谁知道？机器人就机器人，有什么了不起？就算全天下都知道，又能拿她怎么样？

盈盈忽然觉得轻松了，放下了沉重的包袱。她自由了。她的心，自由了。她可以出门了。她要光明正大、坦坦荡荡地出门去。

空中花园真是美丽，盈盈来到这里，心中的愁云逐渐消散。她遇见了太多太多老朋友，忙着跟它们打招呼。距离上一次张姐带她来，只有两天的时间。而就在这短短的两天时间里，很多花都变了样。上次没蕾的花树，现在打蕾了；上次打蕾的花，现在绽放了。哪一株哪一朵，盈盈都记得。盈盈上次跟它们说过的话，它们也仿佛都听进去了，现在争先恐后地向盈盈展示着各自千娇百媚的姿态，好像在说："你觉得我怎么样？"盈盈当然会给花赞美，赞美了花，自己的心情也变好了。盈盈来这里是正确的。她找到了花，也找到了自己。她无拘无束，不怕别人的眼光。其实，也没有人管她。现在的人都越来越尊重个人的选择和空间，却也都变得越来越孤独了，别人要做什么，即使看不顺眼，也不会去管，甚至假装看不到，不敢表露看不顺眼的鄙夷神情。

所以，盈盈真的自由自在了。她享受着空前的放松，不知时间的流逝。她沉醉在繁花似锦的世界里，直至被噼噼啪啪的嘈杂声吵醒。天空变暗，她仰首一看，瓢泼大雨夹着千万冰雹打在穹顶上。这雨，说来就来，不是垂直滴落，而是裹着暴风，像海浪般泼在穹顶上，斜斜浇灌。现在的气候，都走极端，热就热死人，冷就冷得要命，有时一年半载都不下雨，一下就是强降雨，多灾多难。以前多好，气候走中庸路线，春风化雨，润物无声。盈盈对突如其来的大雨感触良多，变得悲天悯人。她想到天地万物，想到她的仙人掌。不对！那盆米邦塔放在外面窗台上，会不会被风雨卷走？她拔腿就跑，也不怕别人笑话。

进入电梯后，她心里七上八下，担心着米邦塔。她忘了有没有把窗户关上，如果窗户未关，雨水会把地板淋湿。她记不清楚，因为她保持着人脑的思维，而人脑的一些记忆会被洗去。如果她是机器人，所有资料都会记录在案，她就不会忘记自己做过什么事。

盈盈匆匆忙忙赶回家，发觉窗户已经关上。她相信是自己顺手带上的。可等她怀着忐忑之心走到窗边时，她担心的事发生了，那盆米邦塔消失无踪，窗台也被冲洗得干干净净。她往下看，路面被雨水淹没，好像一条小河，潺潺而流。

第十三章
太空归来却
缘悭一面

　　飞天向乘客们祝贺："恭喜恭喜，我们乘坐的飞船，被地球捕获了！"

　　地球的引力，就像千手观音，任何天外来物，在手能触及之处，都会它被抓捕，揣在怀里。引力强大，如果直落地球，会如陨石般烧成灰烬。飞天说恭喜恭喜，王建国却感到害怕。这是他第一次从天空降落。上一次飞去火星，火星有空间站，航天飞船停泊在空间站，他们乘太空电梯降落火星，感觉过程安全得多。在地球，太空电梯还没有建起来，飞船降落还是要用很原始的方法，以降落伞辅助缓冲而下。在降落伞打开之前，返回舱高速经过大气层，跟大气层产生摩擦，舱外温度高达一千多摄氏度，有如穿过火海，简直是惊心动魄。现在，他们还没有开始降落，只是进入地球轨道，绕着地球飞行，航天飞船的离心力和地球的引力取得平衡，他们就浮在一个高度绕着地球转。

飞天打开一扇舷窗，让他们观望地球。地球是一个美丽的蓝色水晶球，不过这个水晶球好像刚刚从冰箱里拿出来，表面凝聚了一层薄霜。蓝色的海还是蓝色，城市地区却朦胧一片，由于受到严重污染，白云稀稀疏疏，只飘浮在非洲大陆上空。航天飞船的轨道逐渐降低，地球相对变大。他们绕过七大洲八大洋，飞天在一旁给大家解释，这里是哪儿，那里是哪儿。看到祖国，看到家乡，王建国心情激动，热泪盈眶。他在心里呼唤："祖国，我回来了！盈盈、童童，我回来了！"

返回舱脱离轨道舱和推进舱，开始降落。王建国紧闭眼睛，心里怦怦跳。忽然，他的头顶轰的一声，好像炸开了锅，这时，飞天报告："伞舱盖打开了！"接着，王建国感到臀部顿了一下，好像被人踢了一脚屁股，踢得不轻，正当他的身体左右摇晃时，飞天又报告："伞打开了！大家安全了。"

他们乘坐的返回舱，安全降落在中国南海。返回舱稍微沉入海中，又浮上来，自动调整位置。他们就像坐在一艘船上，船身稳固，不会颠簸。这个时候，王建国感受到地心引力，椅子紧压着臀部，血液往下流，头脑一时晕晕乎乎的。一艘正在待命的接应船驶过来，跟返回舱对接。舱门打开，一个穿航天局制服的年轻人把头探进来，问道："同志们，你们都好吧？"

他们齐声回答："好！"

年轻人说："欢迎回来！"接着，AI服务员搀扶他们出舱，帮他们脱去航天服，接受AI护士的检查。

王建国身体状况良好，却还不适应地心引力。他休息了一会儿，不要AI服务员搀扶，试着走了几步，虽然举步维艰，却有脚踏实地的感觉，感觉很实在。

王建国走到船头的甲板上，吹吹海风，看看汪洋大海，多么好的水呀！他在火星上看到的水，都是淅淅沥沥、点点滴滴的，那里连一条河都没有。这里的水，一望无际，让他这个"火星人"好羡慕。前面就是海南岛。岛上绿意盎然，太美好了！这个时候，王建国强烈地希望盈盈能够接受火星城的邀请，到火星上栽种一片绿色的森林。

海南岛逐渐变大，王建国看见码头上的横幅："欢迎火星城的英雄回家！你们辛苦了！"拉着横幅的人，是航天局的同志们。同志们在码头边的餐馆为他们洗尘，让他们吃了简便快速的一餐，尝一尝蔬菜、水果和海鲜，然后不耽误他们的时间，把他们送往机场，机场有专机送他们回家。

王建国回到家门口，已经是凌晨三点。他刷脸，门开了。屋里灯光通明，盈盈坐在门后的椅子上等待。

盈盈见到他，扑了过来，两人紧紧拥抱。王建国两行眼泪直流，盈盈嘤嘤而泣，没有眼泪。他们都是喜极而泣。

王建国让盈盈坐下来，自己坐在她对面，好好端详。盈盈没有变，依然青春美丽。盈盈拥有机器人的身体，当然不会衰老。但王建国还是要看一看，久别重逢，好像在做梦，好好看一看，就觉得世界真实了。太好了！王建国心里暗叫，什么也没说，面露微笑。

盈盈却在偷看王建国。她抬头看一眼，低下头，又抬头看一眼，感到锥心之痛。她说："建国，你变老了！两年，就变老了这么多！"

"我……"王建国想说我是肉身凡胎，当然会变老，随即想起盈盈的身体不一样，怕伤了她的心，改口说，"工作劳累，当然会变老。"

盈盈说："建国，这次回来，答应我，去植入一枚不老芯片。我希望你活到五百岁。"

"盈盈，不老芯片的广告不可信。我不相信它能够让我活到五百岁，它只要我的钱。"

"我不管。"盈盈撒娇，"我已经给你预约了，明天就去医院植入。"

"好吧，好吧。"对王建国来说，不老芯片是小事，就随她的意吧。他脑子里想的，是正经大事。他告诉盈盈，火星城的植物学家回地球治病，留下一个空缺，问盈盈有没有兴趣。

"我?"盈盈觉得难以置信，"他们会要我? 我哪有这个资格? 你开玩笑吧?"

王建国认真且严肃地说："我跟市长谈过这件事了。他说，如果你愿意去，他把空缺保留给你。如果你不愿意，我马上通知航天局，让他们另外找人。"

"我愿意! 我愿意!"盈盈好像一个小孩子般，雀跃起来。这个反应，出乎王建国的意料。他万万没有想到，盈盈即刻就表示愿意接受这份工作，几乎不假思索。盈盈大声欢呼，王建国担心吵醒童童，两手不断往下挥，说道："嘘! 嘘! 小声一点，让童童睡觉，别吵醒他。"

盈盈笑着说："不要紧张，童童不在家。"

"不在家? 现在是什么时候了? 凌晨时分，他能到哪里去?"王建国急了。

"我也一个月没有见到他了。"自从童童对她狠狠地喊了三句"你是机器人"后，盈盈一直没有见到过童童。张姐通知盈盈，童童不能回家，必须接受观察，接着马上进行冬眠试验。盈盈说，她想跟童童见面。张姐说，时间紧迫，不要打扰童童。在冬眠之前，他们希望童童放松心情，心无旁骛，不要有任何牵挂。张姐还安慰她说："童童还小，来日方长，何必急于一时? 等他完成试验，我马上安排他回家跟你团聚。"她怎么会知道，盈盈的想法比较消极，认为童童不想见她，不要她这个机器人当妈妈了。

童童怎样想，盈盈摸不清楚，更不知道该如何跟王建国谈这件事。盈盈受到童童的冷落，像经历了一个寒冬，她感觉自己越缩越小，小到如一粒尘埃，已经可有可无，在这世界上已无立足之地。今天听到王建国说，可以让她去火星城进行植物学研究，可以为国家效劳，为人民服务，为科学做出贡献，为火星提供氧气，她又鼓起劲来，从一粒尘埃膨胀成一只身负重任的热气球。童童和她闹别扭的事，她说不清楚，不如不说。她只向王建国报告童童去参与冬眠试验的事。

王建国听了，感到欣慰，也感到遗憾。欣慰的是童童学会了奉献，遗憾的是他这次回家见不到童童。他不会责怪童童，他自己也一样，在童童需要他时，他离家而去，一去就是两年两个月。童童的难处，他感同身受，特别能理解。

现在言归正传，说回盈盈的问题。王建国神情严肃地说："盈盈，去火星的事，不是儿戏，你要认真考虑。"

"不用考虑，我求之不得呢！"盈盈说。

王建国本来想问她，你丢下童童一个人在地球，童童怎么办？但这个问题还没有说出口，他便吞了回去。他告诉过自己，不要影响盈盈的决定，于是建议："好吧。那我们来看看怎样安排童童的事。"

盈盈说："童童的事不需要安排。张姐说，接下来三年，他的学习以及一切生活需要，都由国家来负责。有什么事情，张姐会照顾。建国，如果让我去火星，我什么时候去？是不是要等两年两个月？"

"三天过后，跟我一起去。"

"太好了！"盈盈禁不住又大叫一声。

换作别人，不可能这么快。要乘航天飞船，必须做体检，还要进行体能训练，以便适应失重环境。但盈盈是机器人，失重环境对她没有影响。省去这一层工夫，她可以立即走马上任。不过，要去火星，盈盈还得办理一些手续，必须提前一天去航天局。王建国本来有三天时间可以待在家，扣除去航天局一天，现在只剩下两天。

"不好。时间太紧张。你没有时间跟童童告别，童童冬眠醒来，发现妈妈不告而别，会不会很难过？"

"这个……"盈盈很爱童童，很想见到童童，也想好好跟童童道别。可是，她又担心，万一见了面，童童又冷眼相向，王建国看了伤心。盈盈一言难尽，不知怎么说好。

王建国说："这样吧。天亮后，我打一个电话给张姐，叫她设法让我们和童童见一面。"

天亮之后，王建国给张姐打去电话。张姐答应替他安排，去健康中心找领导冬眠计划的教授，看看可以不可以网开一面，把童童唤醒，跟将要离开地球的爸爸妈妈道别。张姐说："如果一切顺利，我安排你们明天见面。"

王建国回来的第一天，时间都花在了医院里。原来，把不老芯片植入脑里，不是一般脑科医生可以做的，必须借用高智能的 AI 机械臂来执行。要不是盈盈有预约，需要排队两个月。王建国一早到医院，做了体检，进入手术室动手术。手术只需局部麻醉，时间不长，流血极少，但这属于侵入性手术，他得留院观察一天，第二天早上才能出院。盈盈整晚在医院陪伴王建国，看着他的国字脸，玩笑着说："要是你两年前来做这个手术就好了。"

第二天，也就是最后一天了，王建国和盈盈将去探望童童。两人各有所思，王建国心中充满期待，盈盈则心情忐忑，怕三人见面会陷入窘境。

中午，王建国与盈盈请张姐吃午餐。他们郑重地拜托张姐，以后他们两人不在地球时，请张姐担任童童的监护人，照顾童童的生活。张姐欣然答应，她为盈盈能够去火星担任植物学家而感到高兴。盈盈要献身给国家，不能有后顾之忧。照顾童童的事，张姐义不容辞。盈盈的植物则让物业搬去了空中花园。

午餐后，专车来载他们去大学的健康中心，张姐全程陪同。专车经过地下真空隧道，盈盈感到十分兴奋。王建国说，以后火星上会有五座火星城，分别属于五个太空强国。现在，五国已经达成共识，在火星城与火星城之间开通地下真空隧道。火星上的引力小，地下真空隧道的车速将比地球上的更快。盈盈听了兴致勃勃地说："以后我有机会去那里，要体验更快速的真空隧道。"

到达健康中心后，张乐向他们引见负责冬眠计划的吕教授。吕教授跟他们寒暄了一会儿，便向他们解释，如果现在叫醒童童，童童的试验将会前功尽弃。

王建国问盈盈的意见。盈盈说："童童很想参与这个冬眠试验。他意志坚定，不怕辛苦，经过三个星期的密集训练，才获得了参与冬眠试验的机会。如果我们叫醒他，让他半途而废，他醒来后会不会埋怨我们？"

王建国也是从事科学工作的，不希望孩子虎头蛇尾，因私废公，觉得这么叫醒童童是不正确的，便向吕教授询问："不叫醒他，可以让我们看看他吗？"

吕教授答应了这个要求。AI护士带领他们来到一个消毒室，替他们全身消毒，让他们穿上像航天服一样的外套，再由吕教授带领他们进入试验室。吕教授在试验室门口交代他们："在里面保持安静，不要说话。我们说话，他们可能听得见。如果童童听见爸妈的声音，可能会很激动，那会影响他的冬眠。"

试验室里男女隔开。他们来到的这一边，十个男孩睡在十个冬眠舱里。童童躺在第十个冬眠舱里，身穿一套银色长袖衣裤，脚穿袜子，手戴手套，头戴头罩。盈盈看到童童的身体变壮了，肌肉凹凸分明，皮肤白里透红，嘴巴紧闭，面带微笑，眼睛眯成一条细缝，看上去睡得很酣。此刻，她忽然觉得童童变得很陌生，不像她的儿子。她觉得童童变了，不要她这个机器人妈妈了。她越想越激动，想哭又不敢哭，忍得很辛苦。

王建国的看法则不一样。他先看见冬眠舱外侧闪烁的数据，知道冬眠舱里的温度是零下二摄氏度，也知道童童的脉息是每分钟两下。童童每心跳一下，舱外侧的灯就会闪一下。王建国一眼望去，别人的脉息都比童童高，有的高达每分钟二十多下。童童的心跳微弱，好像奄奄一息。尽管他知道冬眠的原理，还是控制不住，眼泪簌簌流下。他看不下去，对吕教授点点头，然后默默转身离开。

王建国走到试验室外面，发觉盈盈从后面跟了上来。他一转身，把盈盈拥入怀里。夫妻俩抱头痛哭，久久不能停息。

第十四章

坚持到底就是胜利

　　童童是冬眠试验的最后胜利者。他是十个男孩中测试结果最佳的一个。童童能脱颖而出，吕教授和教练都感到惊奇。吕教授最后的结论是："童童是天生能够冬眠的人，也许他有冬眠的基因。"

　　这个成绩完全出乎童童的意料。整个冬眠试验期间，表现一直比他好的是一个叫阿布的外籍儿童。阿布比童童大一岁，高过他一个头，皮肤黝黑结实，牙齿特别白，头发卷曲，双腿修长，二头肌发达，看起来瘦，其实浑身肌肉。

　　冬眠试验前，童童进行了三个星期的训练，那是他最受煎熬的阶段。他平时缺乏锻炼，训练期间每天大量的运动，让他在睡前觉得全身肌肉酸痛，骨架快要散掉，累得什么都不想，只想好好睡一觉。他真的很能睡，早上闹钟大响还爬不起来，每天都需要子轩拉他下床。子轩跟他住在同一间房，晚上想跟童童说说话，童童没说两句就呼呼大睡了。子轩平时喜欢打篮球，并不觉得训练有多辛苦，还乐在其中，觉得大有收获。教练要他们锻炼身体的每一块肌肉，从胸肌、背肌和腿肌，到手指和脚趾的肌肉，子轩都虚心学习，并记录下来——子轩以后想当一个健身教练，决心现在趁机先打好基础。

训练期间，童童有自知之明，知道自己体力不如人。举重时，他举起的重量比别人少；长跑时，他总是落在后头。每天傍晚，教练报告每个学员的今日成绩，阿布天天排第一，还和排第二的拉开好一段距离。子轩还不错，在第四、五、六名之间徘徊。童童则不行，第一个星期的成绩他垫底。他不放弃，尽力而为，努力不懈，第二个星期排名第十一，第三个星期他排名第十。如果以平均成绩计算，他排第十一，该被淘汰。可教练说，以最后阶段的成绩计算，童童排第十，侥幸过关。

第一阶段的冬眠，为期一周。对童童来说，就像晚上睡了一觉。如果有梦，只是梦见晴朗的天空。悠然醒来，他发现自己在冬眠舱里。AI护士过来，为他们进行体检。这个时候，子轩不停地大声哭泣，不知道他在哭什么。

　　进入第二阶段冬眠的只有七个人，其他三个因为身体不适而遭淘汰。第二个阶段的冬眠持续了两个星期，对童童来说，还是像睡了一个晚上的觉。这次醒来，除了 AI 护士检查身体，心理医生也来和童童进行了沟通。心理医生说，童童的心态非常好，智力也正常，没有衰退的迹象。童童觉得自己能够心无旁骛地进行试验，原因在于训练前他做了一个正确的决定，回家给妈妈一个道歉，说了对不起，把悬在半空的心安回去了。心安了，也就没有了牵挂。子轩在第二阶段醒来后，没有那么沮丧了。他乐观地说："童童，我们一起加油！我们继续下去！我们要走到最后！"然而，子轩没有走到最后。他体检不合格，被淘汰了。只有三个试验者适合进入第三阶段。

　　第三阶段是四个星期的冬眠，对别人来说是一项挑战，对童童来说却仍然只是好好睡上一觉而已。这是最后一个阶段的冬眠了，身体还健康无虞的只剩下两个人——阿布和童童。

　　吕教授说："我们对成年人的冬眠试验，就是这三个阶段，最长四个星期。但是，你们的状态比成年人好多了。如果让你们继续下去，你们愿意不愿意？"

　　童童想到这样的话还有跟阿布一拼的机会，即刻回答："我愿意。"

　　阿布不服输，和童童进入第四个阶段的冬眠。

　　这一阶段究竟要冬眠多久吕教授没有说，但她保证会时刻关注童童和阿布的身体状况，不让他们受到任何伤害。

　　这个阶段出奇地长，长达三个月。两人的身体机能都没有出现问题，只不过吕教授为了安全，担心自己有所疏忽，所以叫停冬眠，让他们醒来，然后为他们做各种各样的体能和智力测试。

　　每一项体能测试，童童都不如阿布。阿布跑步比童童快，举重比童童强。两人仿佛进行对决，每一次比试之后，阿布都跟童童握手，表示友善。童童没有话说，输就是输，他接受事实，甘拜下风。

　　吕教授宣布成绩，先说出了获特别奖的女生的名字。她叫刘怡，苹果脸，浓眉大眼，樱桃小嘴，身材高挑。童童见过她，但不认识她。平时他们男女分开训练，上课时又不同班，两人从来没有交谈过。

　　获胜的男生竟然是童童。童童还以为吕教授念错了名字，问道："真的是我?"

　　吕教授肯定地说："对，就是你。"

　　童童喜出望外。阿布喊冤，说不公平，要上诉。

　　吕教授解释，童童冬眠前和冬眠后，体能保持一样，肌肉没有萎缩，骨钙没有流失，智力没有受损，就好像睡了一觉醒来，精神饱满。反观阿布，长期冬眠后，体力稍不如前，肌肉变少了一点，骨钙流失了一些，还丧失了一些记忆。此外，童童和刘怡一样，冬眠时代谢率特别低。代谢率也是这次比试中关键的评分标准，代谢率越低得分越高。童童和刘怡获胜，是公平和公正的。他们的奖品是：到火星一游。不过，上火星之前，他们必须先接受航天训练。

冬眠过后，回到宿舍里，最让童童高兴的事，就是仙人掌还活着。他感谢 AI 保洁员帮他照顾仙人掌。童童算一算时间，三个星期训练、一个星期冬眠、两个星期冬眠、四个星期冬眠、三个月冬眠，他离家一共五个多月。对他来说，其实不算长，因为四个多月的时间都在冬眠中度过，他好像只是睡了四个晚上，四个月的日子就凭空消失了，没有在他身上留下痕迹。他好像能穿越时间，跳过了四个月。然而，他也错过了和爸爸相聚的日子。童童不感到遗憾，因为两年后他将飞到火星去。和爸爸在火星相聚，不是更具意义吗？童童憧憬未来，在火星遇见爸爸的画面，多么美好啊！

看见仙人掌，童童想念妈妈了。妈妈对他的不满，应该时过境迁了吧？他要打一个电话给妈妈，告诉妈妈他就要回家了。吕教授给了他一周的假期，一周之后他得去航天局报到，接受航天训练课程。他要把好消息告诉妈妈。可拿起手机，他才发现妈妈曾经给他发过短信，而且这条短信并不"短"：

童童，今天我和你爸爸到大学的健康中心，看到了你。你躺在冬眠舱里面，面露微笑。我猜想，你在做一个美梦。今天是爸爸在家的最后一天，他非要来见你一面不可。不过，我们不能跟你说话，只能悄悄看一眼。你爸爸看后，泪流满面，他告诉我，他为你感到骄傲。明天，你爸爸将会到航天局去，我会陪着他去。后天，你爸爸将到文昌航天发射场，我也会陪着他去。你爸爸将乘火箭飞上太空，我也是。不要感到惊奇，我跟你爸爸一样，将会到火星去，为同胞服务，为祖国做出贡献。没有想到吧？我也意料不到竟然有这么一天，我会负起重任。我和你爸爸离开地球之后，张阿姨将会照顾你。你有任何需要，都可以跟张阿姨说。张阿姨将是你的法定监护人。不是我们要抛弃你，不是的，我们都舍不得离开你。是国家需要我们，我们必须义无反顾。我去火星，不是为了陪伴你爸爸。我去火星，是为了栽种植物。我将会是火星城里唯一的植物学家。火星城里的苗木长不大，需要我去解决这个问题。我要让苗木长成大树，大树聚成森林，森林释放氧气，氧气养活居民。你爸爸说，我可以指挥一百个AI园丁。AI园丁都是机器人，我也是机器人。我是有头脑的机器人。有脑的管没有脑的，合情合理。你不要再瞧不起我是机器人，我也是有贡献的，异于一般机器人。我有头脑，有灵魂，有思想，有创意，有感情。我有爱。我爱你，孩子。但愿两年过后，我回到地球，你能给我一个拥抱。好吗？

童童看了，热泪盈眶，不断点头说好。

一周后，童童前往航天学校，接受航天训练。和他一起接受训练的，有好几百个学生。这些儿童志愿者都是未来的航天员。未来航天的目的地，不只是火星，可能是更远的星球，需要在航天飞船里待上好几年，一来一回需要很长时间。训练儿童，有更大的发展空间，可以踏上更远的旅程。

这两年的训练，童童的生活十分规律，除了上课，就是锻炼身体，没有多少时间可以和朋友闲聊。童童和刘怡一起来接受训练，平时却很少碰面。刘怡比童童大一岁，在不同年级。跟童童同年同班的另一个女生，给了童童一个意外的惊喜。童童第一天远远见到她，觉得有点眼熟，却忘了在哪里见过。那个女生大步流星走过来，跟童童打招呼，直接问童童："不认得我了吗？"童童尴尬地摇头。

那个女生掩嘴咳嗽两声，童童惊呼："诗涵！"他握着诗涵的双手，说她变胖了。

诗涵说，她不胖，体形符合标准，是以前太瘦了。对，以前太瘦了，脸颊没有肉，颧骨凸起，眼睛深凹，面黄肌瘦。现在，诗涵眼睛炯炯有神，脸上还有苹果肌，活泼可爱。童童问她是不是把病治好了。她说她换了电子心肺，现在"没心没肺"了，不过她的心肺功能比任何人都强。如果她去跑马拉松，一定会跑第一，可惜现在天气太热，再也没有人举办马拉松比赛了。

童童这两年的生活，虽说不上多姿多彩，也算扎实丰富。如果把他的生活比喻为一片生机勃勃的树林，诗涵的出现，就让树林里增添了小鸟的啁啾、野花的香气和蝴蝶的飞舞，多了一分温馨。

第十五章

火星上的
团圆日

在航天学校的两年中，诗涵是童童最好的朋友。2038年2月，火星窗口期来临，童童告别诗涵，和刘怡登上了航天飞船。

航天飞船架在火箭上，火箭把他们送入太空。航天飞船先前往月球，在月球的转运站等候时机，再向火星发射，最终被火星捕获，停泊在火星的空间站。这个漫长又复杂的过程，童童和刘怡浑然不知。他们在踏入航天飞船之后，睡在冬眠舱里，那时还在地球表面。他们一觉醒来，已经抵达火星的空间站。

童童醒来时，刘怡已经起身，端坐在椅子上，系好安全带。AI护士叫醒童童，帮童童做体检。她把童童扶起来时，童童就浮起来。童童第一次实地体验到失重状态，感觉奇妙又惶恐，身体轻飘飘，好像灵魂出了窍。AI护士一把抓住他，把他塞在椅子上，先用安全带扣住，然后帮他检查身体。AI护士说："健康指数没有问题，你们休息一下，习惯以后就可以出去。"

童童问："我可以在这里做一个空翻吗？"

他们这个船舱与座舱隔开，是一个小舱，空间不大，童童要做空翻，AI护士必须贴着墙壁。童童在舱里做了一个漂亮的翻转，本来只想转一圈，谁知坐在一旁的刘怡助他一臂之力，帮他翻转，童童身不由己，一连转了好几圈。刘怡顽皮地咯咯笑。童童想站稳，却站不稳。没有引力，根本无法站住。他抓住舱壁，手脚顶住，总算站住了。他站的方向却跟刘怡相反。他看刘怡，人和椅子是颠倒的。

圆形的隔门打开了，外面是座舱，有六张椅子，两排相对。椅子上六个人都穿了航天服。座舱里的飞天，用彩带当篙子，撑了过来。她说："小朋友，我是空服员飞天，航天服就在你们椅子下面，请你们取出来穿上，我们准备下去了。"

童童的椅子跟他方向颠倒，但这不妨碍他从椅子下面取出航天服。椅子下面，以童童的视角来看，是椅子上面。童童在航天学校已经训练过如何穿航天服，三下两下便和刘怡穿好了航天服。这时前舱的人已经陆续走出航天飞船。座舱的空间更大更长，刘怡先进去，在童童面前表演了一个三连翻。童童拍手夸道："漂亮!"刘怡不禁回头自豪地一笑。

空间站里有一个入境舱，一头与航天飞船对接，一头是太空电梯的入口，墙壁设有栏杆和轨道。这里还是失重环境，里面有气压，外面是真空。乘客扶着栏杆移动，双腿在空中摇晃，有的好像单杠体操运动员，有的像耍杂技的长臂猿，还有一个，不知道是失控，还是在玩耍，像青蛙一样在墙壁之间跳过来跳过去。

童童也想学那些人扶着栏杆移动，正要从舱口跳出去，却被刘怡扯住："等一下。"

刘怡要童童让她先出去。她出了舱口，抓到轨道上的一个手把。手把自动向前移动，拉着刘怡走，徐徐而行，不费吹灰之力。

手柄堆叠在轨道的一端，童童握住第二个，它也拉着童童前进。刘怡和童童一前一后握住手柄，轻轻松松稳健而行，不一会儿就赶上了那六个乘客。乘客们恍然大悟："原来是这样!"

不论以什么方式走过来，他们都来到了电梯口。一个AI服务员守在那边，安排他们进入空中电梯，一个车厢只容一人。童童和刘怡懂得礼貌，让大人先行，那六个乘客却坚持要童童和刘怡先下去。其中一个说："你是王建国的儿子吧？快下去，你爸爸在下面等你了。"另外一个说："我早就知道你要来了，你妈妈不知说了多少遍！"刘怡也推童童："下去下去，你爸爸妈妈在等你呢。"

盛情难却，童童最先乘坐空中电梯。他往下看，火星像一个灰暗的橘子，躺在他脚底下。他想，时间过得真快啊！他爸爸第一次离开他，到火星来工作时，他才七岁。他爸爸回家带妈妈过来时，他九岁。现在，他十一岁，快十二岁了。四年四个月没有见到爸爸了。他觉得自己成熟了，不再那么幼稚，也想通了很多东西。这两年时间，在忙忙碌碌中一闪而过。爸爸说，这一次火星冲日他们不回地球，等着童童去火星。下一次火星冲日，他们再从火星回地球探望童童。童童和爸爸妈妈见面，比牛郎织女还难，牛郎织女一年一度，童童却得等待二十六个月。

橘子逐渐变大，颜色变得更鲜明，好像一只红色的大比萨。红色继续变大时，就能看清中间的火星城了。爸爸说它像天津狗不理包子，童童觉得它像水晶灯罩，富丽堂皇。水晶灯罩里隐隐约约的绿色斑点，应该是妈妈种的树林吧。火星城的旁边还有一片墨绿，看不清楚是什么东西。火星城的另一边，有一些零零散散的建筑，像花生米、花生壳撒了一地，也不知道是什么。再远一些，还可以看见一大片碎玻璃似的东西，闪闪发亮。

　　童童知道，这些"碎玻璃"一定是太阳能发电场。

　　空中电梯抵达陆地站后，电梯门打开了。童童抬头望去，看见爸爸站在陆地站的大门口。童童脱了航天服，兴高采烈地奔跑过去，结果吓了一跳。他还不习惯火星的引力，以为自己是在地球上跑，可腿一蹬，人就腾空而起。他不是跑过去的，是像袋鼠一样跳过去的。爸爸看了，哈哈大笑。

　　爸爸张开双臂和童童拥抱，在童童耳边激动地说："你长大了，差不多要跟我一样高了！"

　　童童问："妈妈呢？"

　　爸爸说："妈妈在林场等你。她的工作很紧张呢。我知道你和刘怡要来火星一游，特地向市长申请，担任你们的导游，我就可以假公济私，在这两天全程陪你们了。刘怡呢？"

　　说曹操，曹操就到。刘怡正从太空电梯出来，脱下太空衣递给 AI 服务员。童童向刘怡挥手，等着看笑话，以为她会像袋鼠一样跳过来。

　　谁知刘怡却小心翼翼，像淑女一样，踏着优雅的步伐走过来。

　　童童和刘怡随着爸爸走出陆地站，但他们的行李还没有送到。空中电梯运输行李需要时间，爸爸说，不用担心，机器人会把他们的行李送到宿舍。

陆地站外面，天空是棕黄色的。在火星上看太阳比在地球上看到的太阳小，也比地球上看到的太阳暗淡，好像电力不足的壁灯。爸爸的火星车在陆地站外面。火星车有六个铁轮子，轮子上有铁齿，能够插入泥土中。车上有四个座位，无人驾驶，会听人类的指示，还能保存记忆，跟人类聊天。

爸爸和童童坐在前座，刘怡坐在后座。爸爸说："走!"火星车开动，问爸爸："去哪里?"爸爸说："盈盈的林场。"火星车回应说："又去找你爱人啊?"爸爸说："闭嘴。"刘怡听了咯咯直笑。

童童看火星车行驶在泥土路上，问爸爸："为什么没有铺路?"爸爸说，六轮火星车能够调整车轮高度，即使在凹凸不平的土路上行驶，也不会颠簸。既然能够平稳行驶，坐在车里感觉舒服，就不需要铺路多此一举。火星城的建设，以简约、安全、环保为原则。刘怡不禁感叹："要是能坐在敞篷车里，那就更舒服了。"爸爸指指头顶，点头说："火星城的大棚，像空中花园的穹顶，能遮阳挡雨。既然上面有遮盖，火星车也可以不需要车篷了。"说完，他就开启了敞篷模式。

他们经过的路段，很多建设正在悄悄地进行，机械臂安静地工作，没有发出杂声，机器也没有喷出乌烟。往前走，两旁都有圆柱形的建筑物，火星车放慢速度。爸爸说："这就是土舍了，泥土宿舍的简称。用土星的泥土，以3D打印技术建造的宿舍。这里有四十栋双层式的，我们七十二个兄弟住在这里，绰绰有余。如果需要新的土舍，我们两天就可以打造一栋。"

童童听见爸爸把妈妈都称为兄弟，觉得好笑。土舍没有上漆，保留红泥土的颜色，配合地上的翠绿青草，自然又好看。草地宽阔，起伏有致。他们行驶的红土路，蜿蜒地穿过青草地，构成了一幅饶有乡村情调的图画。刘怡惊叹道："青草！这里竟然长了青草！"爸爸骄傲地说："呵呵，你们现在才注意到青草，这些全是童童的妈妈栽种的。"

火星车忽然慢下来，让一只白色动物在前面跳过去。童童喊道："白兔！"爸爸说："嗯，肉兔。我们住在火星，现在有鲜肉可以吃了。"

经过土舍区域，青草继续伸延，草地上还看得见一群正在低头吃草的乳牛。爸爸说："这是我们牛奶的来源。这些乳牛，是我们的专家用人工胚胎培育的。"

再远一些的地方，有一个绿色山坡，爸爸说，那就是妈妈的林场。林场前面有一个小红点。火星车说："童童，你妈妈跟你挥手呢！"原来那个红点是妈妈。童童也站起来，对着小红点挥手。

过了住宅区，红土路是笔直的，童童站起来也不会摇晃。走近了，他才看见妈妈穿着红衣裳。她已经等不及了，沿着红土路蹦蹦跳跳跑过来。妈妈蹦蹦跳跳，一蹦老高，一跳好远，好像武侠小说里会轻功的高手。在火星上，谁都可以练出轻功，谁都可以成为武林高手。

火星车在途中停下来，让童童下车。童童张开双手，迎接妈妈的拥抱。妈妈抱着童童，童童感到温暖，机器人也有温度。火星车叫他们上车，要送他们去林场。妈妈说："你们先上去，我和童童慢慢走上去。"

火星车继续上斜坡。妈妈抚摸童童的头发和臂膀，看着童童的眼睛问："童童，你还会怪妈妈吗？"

童童转身又紧紧拥抱妈妈，头靠在她肩膀上说："我早都不怪您了。我想念您。您是一个完整的妈妈，与其他人的妈妈没有分别。您不是机器人，您有人类的头脑，您的头脑有血有肉。"

妈妈推开了童童，严肃地说："童童，我告诉你一个真相，也许会伤你的心，也许会让你鄙视我，但是我不能不说，不说我心里不舒坦。这个真相，也是我来火星之后，你爸爸才告诉我的。我听后，也不能接受，沮丧了一段时间。你爸爸带我去看火星城里的心理医生，心理医生开导后，我才接受事实。"

"妈妈，您说。我长大了，心脏强大，没有事情我接受不了的。"

妈妈深深吸了一口气，牵着童童，一起往前走。她目视前方，说："我的大脑无血无肉，只是一枚电子芯片。张姐说我有人脑，是一个善意的谎言。她要我相信我还拥有自己的脑子，才这么说，而我真的相信了。她叫我不要吃太多食物，其实我根本不需要食物。我来到火星，这里食物珍贵，为了不浪费食物，你爸爸才把真相告诉我。"

"可是……"童童平静地说，"您还是和其他机器人不一样。我在航天学校上课，有很多机器人老师，他们都不会发脾气。您会发脾气。我那些机器人老师，他们的想法都很正面，他们的言论都很正确，他们说什么都头头是道，我们都听得明白。他们只做好事，不会犯错误。妈妈，您有自己的想法，想法可能有点消极，让我难以理解，但您就是跟其他机器人不一样。您也会发脾气，生起气来像火山爆发，这是其他机器人不会做的。有时您也会做错事，不是吗？"

妈妈苦笑："你在数落我的不是？"

"妈，我不是这个意思。我是说，您也有缺点，也会犯错误，这些不是什么好事，但正因为有这些缺点，我会觉得您是一个完整的人。人就是人，不会那么完美。我的老师说，人非圣贤，孰能无过？因为您不是那么完美，有自己的想法，所以我觉得您是有思想的。您不但有思想，还有创意。您来火星，把树木种起来，不就是靠您的创意吗？还有，您对我有感情。您的母爱，我感觉得到。"

"嗯。你知道为什么我跟其他机器人不一样吗？因为我脑子里的芯片不一样。那是张阿姨设计的电子脑。电子脑的结构跟人类的大脑一模一样。这个电子脑装入了我以前的记忆、思想和感情。它也保留了我的创意，还有，我的人性。世界上拥有张阿姨的电子脑的人，只有我一个，不，只有我这个机器人。所以，我是一个有人性、有思想、有创意、有感情的机器人。"妈妈一再强调自己是机器人。

"妈妈，我要的是一个有人性、有思想、有感情的妈妈，我才不管妈妈是不是机器人。妈妈，现在我长大了，思想成熟了，不再排斥机器人，您放心好了。"

妈妈侧脸看着童童："你还能够接受我这个妈妈？"

"妈妈，再让我抱抱您。"童童转身，又给了妈妈一个热情的拥抱。

刘怡和王建国站在林场入口处。刘怡等得有些不耐烦，嘀咕道："抱了又抱，没完没了，什么时候才能走到这里？"

王建国耸耸肩："没办法呀！童童太爱他妈妈了。"

第十六章
坐在火星车上遥望地球

这趟"到火星一游"的时间很短，只有一天半的行程。童童和刘怡到火星的时候，已经是下午，第二天晚上就得返回地球。这趟行程，是航天局经过反复考量才安排下来的。火星近地的窗口期短暂、火星城地方小、同志们工作忙，都是考量因素。对航天局来说，重要的不是在火星上的旅游，而是冬眠航天技术的突破。这是航天局第一次派人类以冬眠状态往返星球，对人类航天的未来发展，有着重大的意义。

妈妈当向导，陪伴童童和刘怡在林场散步。树长得不高，只高过人头，但每一棵都茁壮茂盛。妈妈抵达火星才两年，有这样的成绩已经很亮眼。在这之前，苗木都长不起来，东倒西歪，最后一一枯萎。现在的树木，好像列队的军人一样，肃立在斜坡上。这时候已近黄昏，阳光筛过枝叶，像箭一样斜斜地射在地上，把地面映蓝了。火星的夕阳，不是红色的，而是带着蓝光，别有一番情调。童童和刘怡来到这里，看见偏蓝色的太阳，好像置身梦幻之境，感到浪漫又新鲜。

刘怡深深地吸了一口气："这么多树木，这里空气太好了。"

"这里是一块净土，不像地球受污染那么严重。其实火星上也有沙尘暴，幸亏我们盖了大棚，空气才不受沙尘暴影响。沙尘暴一来，整个天空填满了沙尘，灰蒙蒙的，几天都不消散。几天不见天日，我们的太阳能发电场会受影响，晚上家里都不敢开灯。要等下了一场雪，才能把沙尘洗去，天空恢复照明。"

"下雪？不是说火星的大气中缺乏水分？没有水也会下雪？"刘怡不解。

妈妈笑着说："只要天气够冷，低于零下125摄氏度，二氧化碳就会冻结成雪。这里温差大，我们在大棚里没感觉，外面晚上非常冷。所以下雪，也只有在寒冷的晚上。晚上天黑了，白雪像柳絮飘扬，很好看，只可惜今天你们看不见。"

刘怡问："您看得见？"

妈妈笑而不语。

童童说："我妈妈深藏不露。"

走到大棚边沿，外面还是一片青绿。辽阔的土地上，种的都是仙人掌。

童童问："外面的仙人掌，也是您种的?"

妈妈说："当然。除了我，还有谁? 我让机器人种的。"

童童说："这种仙人掌，似曾相识。"

妈妈说："以前我们家里也有。你一定看过。"

童童两年前从窗台上抱回宿舍的，就是这一种仙人掌。他偷了妈妈的仙人掌，妈妈没有发觉，可能早就忘了。童童却一直把这件事放在心上。

刘怡问："阿姨，您是不是很喜欢这种仙人掌，才种了一大片?"

妈妈回答："我的确喜欢，但也不需要种一大片。外面空气稀薄，辐射高，土地干燥，很多植物都养不活。这种仙人掌却长得很好，好像天生就是属于这片土地的。这种仙人掌，很有潜能，还可以食用。"

刘怡说："哦。太好了，可以当食物。"

妈妈说："不过，外面那些不能吃。土壤没有经过处理，含有太多重金属，会吃坏人。"

刘怡说："好可惜，中看不中用。"

"它还是挺有用的，"妈妈喜滋滋地说，"我要把这片土地加盖，再把里面的空气引过来，那时它就会变成我们的天然氧气筒。"

童童想，如果妈妈一直扩张种植版图，以后把整个火星种满植物，为人类提供所需氧气，那么会不会有一天，火星的大气层越来越厚，到时候大棚或许可以拆掉，人类就能在火星上自由活动了。改造火星，先从种植开始，妈妈功不可没。

林场的入口处，有一栋土舍，不是住宿用的，而是妈妈的办公室和饭厅。

妈妈陪童童和刘怡去参观林场，爸爸就在这里办公。他们三人步行回来，天快暗了，三人的盒饭也准备好了。这里的三餐，都由中央厨房准备，每个人都吃同样菜色的盒饭，由机器人配送，工作到哪里就在哪里吃饭，有固定的时间，没有固定的地点。

今天的盒饭还不错，有葱油拌面、清炒小白菜、黑胡椒人造肉和蒸人造蛋。

妈妈叫他们吃饭，爸爸、童童和刘怡坐下来。桌上只有三份盒饭，爸爸推给刘怡一份。刘怡迟疑着，不敢接过来，问妈妈："阿姨，您的饭呢？"

妈妈说："你们先吃，我不饿。"

童童心照不宣，知道妈妈不吃东西。

妈妈说："我这里有咖啡、奶茶和热巧克力，你们要喝什么?"

爸爸对童童说:"这些都是你妈妈从地球上带来的,再过两年,她在火星上种的咖啡豆、茶树和可可就能摘来食用了。没准到时候比地球上的还香。"

妈妈说:"那可能是心理作用,物以稀为贵。"

爸爸要了咖啡,童童要了热奶茶,刘怡要了热巧克力。

妈妈一边说好,一边准备饮料去了。

童童看着人造肉,问爸爸:"这是兔肉吗?"

"不是。"爸爸说,"兔肉可珍贵呢。我们有五十只兔子,兔子超出这个数目,才允许我们吃。这是什么肉?你们尝尝看。"

刘怡咬了一口,细细咀嚼,眯着眼睛说:"嗯,好吃。我知道,是牛肉。不会错的,我的味觉很灵敏。"

"你只猜对一半,"爸爸说,"人造牛肉,不是从牛身上割下来的肉,而是在实验室里培植的。我们这里的食品工程师很厉害,他把制造食物的基因剪接进微生物里,微生物就把食物制造出来了。你看这盒饭,葱油拌面的面粉是微生物制造的,牛肉是微生物制造的,蛋黄和蛋白也是微生物制造的。"

刘怡好奇地问:"微生物总不能凭空制造碳水化合物和蛋白质吧?"

爸爸赞赏地回答:"刘怡,你有头脑。不错,微生物也需要材料，面粉的材料来自青草，牛肉的材料来自一种菌类，蛋黄和蛋白的材料来自豆类。"

童童帮爸爸补充了一句："青草、菌类和豆类都是妈妈种的，对不对?"

"不完全对。菌类不是。"

刘怡问："菌类是谁种的?"

爸爸笑而不答，只不停地说："吃! 吃! 吃!"

王建国担心他说了，孩子们会觉得恶心，吃不下。他自己吃饭时都避免去想这些。现在刘怡又提起，画面自然进入他脑里。他目睹过整个制造过程，粪池的水被抽干过滤为食用水，粪便被压成粪饼。粪饼用来培植一种菌类植物，这种菌类有制造牛肉的染色体，吃起来像牛肉一样。因为他看过培植过程，印象太深刻，所以很长一段时间不敢吃人造牛肉，最近才克服心理障碍，勉强吃一些。这就是眼不见为净吧。

刘怡很快把那块人造牛肉吃完了，由衷地夸道："很香，好吃! 味道难以形容，只能说天上有，地下无。火星这里就是天上，以后我可能会想念呢。"

王建国赶快把自己的那块人造牛肉搛给刘怡："喜欢吃就多吃。"

刘怡不好意思要，要推还给王建国。

王建国把饭盒揣在怀里，说："我们这边常吃，我都吃

162

腻了。你吃你吃。"

恭敬不如从命，刘怡把第二块人造牛肉也吃了。

盈盈刚好端着咖啡过来，笑而不语。

晚餐后，他们四人乘坐火星车回到土舍。

天很暗，满天星星。火星车没有开灯，它无须靠灯光行驶，不浪费电力。

爸爸指着天上对童童说："看见那颗最亮的星星了吗？"

童童看见了，就只有一颗最亮。

爸爸说："那是火卫二，火星的第二颗卫星，也就是火星的月亮。火星有两个月亮，火卫一这里看不到。今晚能够看见火卫二，已经不错了，它两三天才出现一次。"

刘怡说："还有另一颗星星也很亮，第二亮的，是什么星星？"

爸爸说："那是地球。"

刘怡听了，竭尽全力对着地球喊："妈妈！"

妈妈说："你看，紧挨着地球的，是不是有一个小白点？那就是月亮了。"

童童眯着眼睛，勉强看见月亮。他想，妈妈的眼睛一定看得很清楚。

刘怡说："阿姨，您的眼力真好！"

妈妈说："这算什么。这两天我还看见一颗小行星，晶莹剔透，好像天空中的一块冰。"

刘怡不信："有这么神奇?"

爸爸说："就是这么神奇。你阿姨又立了大功。昨天你阿姨发现小行星，我向航天局报告了。天文台证实那颗小行星里面都是水冰。我们火星就需要水。现在，我们的科学家正设法把那颗小行星引过来，让它在火星城外一百千米处坠落，造出一个大湖。"

刘怡问："能够把一颗小行星引过来吗?"

爸爸说："现在的科学家厉害，能!"

童童问："不怕它掉下来砸到火星城吗?"

爸爸说："不怕。我对科学家有信心，他们计算精准。"

刘怡问："不怕引起地震吗?"

爸爸说："会有轻微地震，但是我们的大棚能够防震，不必担忧。"

刘怡又问："大气层不会把它摧毁吗?"

爸爸说："火星的大气稀薄，引力不大，它撞进来最多只是失去一层皮。"

刘怡说："那真是太好了! 都是阿姨的功劳。阿姨，您有千里眼啊!"

提起千里眼，爸爸、妈妈和童童都笑而不语。

他们回到土舍，行李早已送过来，洗漱后就可以睡觉了。

爸爸说："你们早点睡，明天带你们去环游火星城。"

　　童童说："爸爸，我不想去。明天我要在林场陪伴妈妈，做妈妈的小帮手。"

　　妈妈说："童童，你真贴心。妈妈觉得太幸福了。"

第十七章

四十光年
之外的呼唤

又过了二十六个月，2040年4月，王建国和盈盈一起返回地球。

平时他们工作忙碌，没有机会聊天，心里好多话都没有说出来。现在他们坐在座舱里，朝夕相对两个月，又不知该从何说起。那些以前没有说出来的话都变得不重要了，懒得再提起。两人能够一起去火星，一起在火星上工作，一起从火星回地球，就觉得知足和幸福。回地球之前，童童来信说要在家里等他们回来。

返回舱降落在中国海域，他们被接到海南岛。在海南岛上，他们收到童童的信息。童童说，对不起，他又得去进行冬眠试验，不能跟爸爸妈妈见面。这次冬眠要一年，如果冬眠成功，也许会接到重要的任务。盈盈满怀希望而来，却不能见到童童，感到伤心失望。她问王建国："什么叫作重要的任务？"

"也许是到更远的星球去吧。最近科学家发现宇宙的时空弯曲，有捷径可寻，人类有机会到达更远的星球去。"王建国说。

"去哪一个星球？"盈盈问。

"不知道。"王建国说，"如果童童去太阳系外的星球，我们这辈子可能再也见不到他了。"

盈盈的泪水在眼眶里打转："你不要吓我。"

王建国看得开："人生本来就无常。天下无不散之筵席。我们只能珍惜现在，珍惜在一起的时光。我们上次在火星相见，不是曾经拥有美好的时光吗？"

盈盈回想起上次童童在林场陪她，含泪微笑。

夫妻二人决定无论如何，还是回家看看。回到家里，他们看见家里空荡荡，不免伤感。所幸王建国和盈盈已经有心理准备，也不会太难过。盈盈还发现了意外之喜：家里不是空无一物，窗下有两盆仙人掌，一棵已经高过人头，另一棵也有人头高。她奔过去，兴奋地喊道："我的米邦塔！"

"你看到植物，就好像见到宝！"王建国说。

盈盈蹲下来观察。大米邦塔底下的肉质茎，有一个模糊的心形图案，不仔细看，还看不出来。小米邦塔底部也有一个心形图案，不是她的笔触。

盈盈站起来，抚摸着小米邦塔，说："童童长大了，这么高了。"

王建国说："你想童童想昏头了？"

盈盈开心地微笑："有些事情，你不知道的。"

盈盈不说出来，把秘密留在心底，感觉更美丽。这是她和童童之间心照不宣的共同的秘密。

难得从火星回来，王建国不想吃烹饪机做的食物，想上馆子吃一餐厨师做的饭。他们约了张姐一起去，这样既能吃到美食，又能见到老朋友，一举两得。

张姐不吃辣，他们就约在一家著名的杭帮菜馆里见面。他们订了一个包厢，先点菜，王建国点了东坡肉、龙井虾仁、西湖醋鱼、叫化童子鸡、干炸响铃。

盈盈说："你们两个人，哪吃得完？"

王建国说："你也吃呀！你也有味觉，也有食欲，你在火星忍了整整两年没吃任何东西，现在你放开吃，满足一下味蕾吧！"

盈盈说："我怕张姐骂我浪费食物。"

"张姐怎么会骂你呢？你为国家奉献自己，两年才吃这么一顿，哪算浪费？"

说着说着，张姐就来了。王建国面对门口，张姐进来一眼看见王建国。她感到吃惊："怎么你不会老？四年前我见到你，你是这个样子；四年后再见到你，你还是这个样子，一点都不见老。"

"那是我的功劳，上次他回来，我逼他去植入了不老芯片。"盈盈邀功。

"还真有效？我以为那是骗钱的幌子。"张姐感叹。

"也许是个幌子。不老芯片的广告是让你多活五百年。现在才过了四年，说不准能活多少年。"王建国说。

盈盈说："不管活多少年，你能够保住青春，就值了。可惜的是，你太迟去植入不老芯片了，要是早两年就好了，你去火星之前比较好看。"

王建国说："你就喜欢我那张冬瓜脸。"

张姐说："冬瓜脸太孩子气，国字脸比较成熟。盈盈的瓜子脸也很好看，童童也一样，随妈妈，瓜子脸。"

一提起童童，话题就围绕在了童童身上。张姐身为童童的监护人，给他们夫妻做报告，说的都是童童的好话。夫妻俩听了对儿子很满意，感到欣慰。童童已满十四岁，比以前更懂事、更成熟。

盈盈问张姐，童童完成一年的冬眠试验后，会有什么任务？张姐说她也不晓得。这个冬眠试验，不是他们大学做的，而是航天局做的。她还听说，这是一项庞大的计划，参与冬眠试验的，是航天学校里的一百多个学生。不管什么计划，能为国家的未来和航天事业的发展做出贡献，童童就一马当先，勇往直前。

谈完童童的事，张姐提到她自己。她说她又回到大学当教授了，而且能够继续她以前的"人脑工程"计划。她向盈盈道歉，说她瞒骗了盈盈，盈盈拥有的只是电子脑而不是人脑。盈盈表示自己已经知情，童童也知道了这个秘密，不碍事。接着，张姐感谢盈盈，说盈盈在火星有这么辉煌的成绩，引起了学术界的注意，觉得盈盈拥有电子脑，在外太空也挺管用。盈盈的成就，就是张姐的成就，因为是张姐造就了盈盈。盈盈的身份引起讨论，张姐以前的试验和论点再次曝光。医学专家的看法也逐渐改观，都赞扬她。张姐说："此一时，彼一时。"现在张姐又获得了大学的聘请，再次大显身手。

王建国和盈盈恭喜张姐，为张姐得到认可而高兴。张姐对盈盈有一个要求，说她有一个读博的学生，想邀请盈盈做一次访谈，了解盈盈换脑过后的种种状况，包括好处与坏处。盈盈谦虚地说，能为学术界尽绵薄之力，是她的荣幸。

那个读博的学生来访时，王建国觉得事不关己，出去找朋友了。盈盈一看到学生的那张脸，打从心里不喜欢，觉得他有点鬼鬼祟祟。但是看到他的样子，盈盈却不能不同情他。他半身披着金刚甲，毫不遮掩自己的机械腿和机械肋骨。他的双腿是两条钢管，下面装有脚板、爪子和轮子，可以交替使用。他的机械肋骨护住胸口，像鱼鳃那样一张一合，帮助他呼吸。他下半身是铁金刚，上半身却如流浪汉，脸部瘦骨嶙峋，留了一头长发，牙齿缺了一颗。盈盈看着这张脸，觉得有点眼熟，又记不起在哪里见过。为了确定自己认不认识这个人，盈盈问他："你叫什么名字？"

他说话声音微弱，带着浓浊的呼吸声："我叫李梓辰。"

李梓辰？盈盈努力回想，记不起有这个人。盈盈基于同情心，还是有问必答，诚实地回答所有问题。李梓辰问得很详细，包括生活习惯、记忆力、感情、亲情等等。盈盈在问题的引导之下，不知不觉地对他掏心掏肺。盈盈把她和童童之间的矛盾、摩擦、误会、争执、和解等，事无巨细，娓娓道来。说完后，盈盈心情舒畅，人也变轻松了。

李梓辰临走前一再道谢，说盈盈的这些资料，对下一个试验者很有参考价值。

王建国和盈盈来去匆匆，几天后便回火星去了。火星上忙碌的日子，像撒在流水中的落花，哗哗地溜走了。如此这般又过了二十六个月，2042年6月，火星冲日，王建国和盈盈留在火星，没有回地球。火星城建设完毕，他们在为二号火星城而努力。

现在他们拥有一片大湖，解决了水源问题，发展更迅速，二号火星城比一号火星城更大更先进，将可以迎接来自祖国的数万同胞。来往火星的航天技术更进一步，在火星冲日时，只需十天就可以从地球抵达火星。

王建国和盈盈选择不回地球，把机会让给别人，最主要的原因是他们知道，即使回去，也见不到童童。童童在2041年，也就是他十五岁的时候，离开了地球，到很远的星球去了。此去经年，再回来不知猴年马月。2041年，童童和二十九个少年躺在三十个水晶冬眠舱里，被送入航天飞船，飞向TRAPPIST-1星系。在航天飞船里，唯一没有进入冬眠状态的是船长，他必须负责在抵达目的地后，把三十个冬眠者叫醒。为了应付各种棘手的问题，飞船上还有五十个各种专业的机器人供船长指挥。航天飞船此次出征，是人类第一次离开太阳系，带着一万个冷冻胚胎，去找寻新家园，只许成功不许失败。这是一次单程旅行，壮士一去兮不复还。

五百年后，航天飞船抵达TRAPPIST-1星系。TRAP-PIST-1是一颗超冷的红矮星，有七颗类地行星。一如预期，太空船降落在第三颗行星的海洋里。太空船停稳后，船长把三十个小朋友一一叫醒。只不过此时的小朋友已经不再是小朋友。他们都在冬眠期间长大了，不过，他们的代谢率不一，生长程度也不一样，有的成长了五岁，有的老了五十岁。

　　船长叫醒童童时，告诉童童："童童，起来，五百年过去了，你现在的生理年龄是二十五岁。"

　　船长让童童照镜子。童童自我陶醉："我好帅。船长，诗涵呢？她不会变成老太婆了吧？"

　　船长说："诗涵还好，有铁心铁肺，现在生理年龄二十一岁。"

　　童童端详船长："为什么你也不见老，还像五百年前一样年轻英俊？"

　　船长问童童："你知道我是谁吗？"

　　童童不认识船长，觉得自己上航天飞船前是第一次看见他，便问："你就是船长。五百年前是这样，现在也是这样。你是不是植入了不老芯片？"

　　"不是。童童，告诉你我的秘密。我的秘密就是你妈妈的秘密。我是一个机器人，有一个像你妈妈一样的电子脑。我的电子脑，是张乐教授帮我安装的。我们都是张乐教授的作品，你妈妈是第一个，我是第二个。我换脑之前，还采访过你妈妈，听取了她很多意见。那时，你妈妈已经不认得我了。"

　　"我妈妈以前见过你？"

　　"当然见过我。有一年，你妈妈被快递员撞到头，不能向前走，只能往后退。我用捉地鼠的黑布袋，罩住了你妈妈的头……"

童童叫起来："原来你是大哥哥李梓辰！可是，你以前的样子……"

"以前我很丑，后来换了机器人身体，现在变得很帅。"

"大哥哥，你五百年不老，还活得好好的，这么说来，我妈妈应该也还在？"

"你妈妈应该还在。我们拍一段视频，送回地球吧。你可以对你妈妈说一句话。"

大哥哥拍摄的视频并没有传回地球。地球已经变成废置星球，无人居住。这个视频，传去了火星，人类都迁移到火星去了。

不过，光线需要四十年时间才能抵达火星。视频传到火星，是四十年后的事。五百四十年来，盈盈一直追踪着这艘航天飞船的消息。这一天，她看见放映在墙壁上的视频，里面出现了一个像童童的成年人。她不禁兴奋地大声叫喊："老头，快来看。"

王建国正在卫生间，动作有些迟缓。不老芯片果然恪守承诺，让他多活了五百年。但是不老芯片却不能保证他不老，此时的王建国白发苍苍，耳朵听不太清楚，喊道："看什么？"

视频中的童童挥着五星红旗，对着镜头喊："妈妈，我是童童，我们安全抵达目的地了！我们是第一个登陆系外星球的国家！长征任务取得圆满成功！祖国万岁！妈妈，我爱你!"

　　"是童童!"盈盈还像五百四十年前那么青春活泼。她认出了童童,从椅子上跳起来,也对着视频拼命回应:"我爱你! 童童,我也爱你!"

图字：11-2018-308号

图书在版编目（CIP）数据

来自火星的家书 /（马来）许友彬著 . -- 杭州：浙江少年儿童出版社，2023.5
（许友彬人工智能科幻三部曲）
ISBN 978-7-5597-3162-3

Ⅰ.①来… Ⅱ.①许… Ⅲ.①儿童小说—幻想小说—马来西亚—现代 Ⅳ.①I338.84

中国国家版本馆CIP数据核字(2023)第060214号

本作品由红蜻蜓出版有限公司于马来西亚首次出版，授权浙江少年儿童出版社在中国（包括香港、澳门、台湾）出版中文简体字版本。

许友彬人工智能科幻三部曲

来自火星的家书

LAIZI HUOXING DE JIASHU

[马来西亚]许友彬 著

责任编辑　刘迎曦
绘　　画　大鼻子叔叔
封面设计　迷鹿喵
责任校对　马樱滨
责任印制　王　振

浙江少年儿童出版社出版发行
　（杭州市天目山路40号）
杭州富阳美术印刷有限公司印刷
全国各地新华书店经销
开本 880mm×1230mm　1/32
印张 5.5　彩插 8
字数 968000
印数 1—12000
2023年5月第1版
2023年5月第1次印刷
书号：ISBN 978-7-5597-3162-3
定价：30.00元
（如有印装质量问题,影响阅读,请与购买书店或承印厂联系调换）
承印厂联系电话：0571-63251742